远逝的青春岁月

郭冬贵 著

北方联合出版传媒（集团）股份有限公司
春风文艺出版社
·沈阳·

图书在版编目（CIP）数据

远逝的青春岁月/郭冬贵著． —沈阳：春风文艺出版社，2018.2（2021.1重印）
ISBN 978-7-5313-5310-2

Ⅰ．①远… Ⅱ．①郭… Ⅲ．①散文集—中国—当代 Ⅳ．①I267

中国版本图书馆CIP数据核字（2017）第181914号

北方联合出版传媒（集团）股份有限公司
春风文艺出版社出版发行
http://www.chunfengwenyi.com
沈阳市和平区十一纬路25号　邮编：110003
永清县晔盛亚胶印有限公司印刷

责任编辑：姚宏越	责任校对：潘晓春
封面设计：马寄萍	幅面尺寸：150mm×230mm
字　　数：170千字	印　张：14
版　　次：2018年2月第1版	印　次：2021年1月第2次
书　　号：ISBN 978-7-5313-5310-2	
定　　价：40.00元	

版权专有　侵权必究　举报电话：024-23284391
如有质量问题，请拨打电话：024-23284384

目 录

第一章　初到盘锦

初尝有米没菜的滋味 …………………………………………3
第一天劳动就挂彩 ……………………………………………7
青年点杀猪 ……………………………………………………10
秋收和打场 ……………………………………………………14
第一次送公粮 …………………………………………………18
难忘青年点吃饺子 ……………………………………………21
第一次参加插秧 ………………………………………………23
听老贫农"忆苦思甜" …………………………………………26
抽烟的理由 ……………………………………………………30

第二章　艰苦生活

盘锦的水里有小虫 ……………………………………………35

盘锦知青的"三件宝" ……………………………………… 39
盘锦知青的另外两件宝 …………………………………… 43
回忆知青挠秧除草 ………………………………………… 47
我参加的抗洪护堤 ………………………………………… 50
知青打狗 …………………………………………………… 53
偷鹅风波和光腚偷菜 ……………………………………… 56
死猪肉与"糖醋排骨" ……………………………………… 60
到部队"混吃喝" …………………………………………… 64
回忆知青修水利 …………………………………………… 68
知青看电影 ………………………………………………… 71
是不是瘟鸡？ ……………………………………………… 74

第三章　知青群体

永不忘怀的知青之歌 ……………………………………… 79
青年点的"雨休" …………………………………………… 86
我们曾是"逃票"一族 ……………………………………… 90
睡火炕和"恋被窝" ………………………………………… 94
我曾在会上介绍队里的经验 ……………………………… 97
我经历的青年点招工 ……………………………………… 101
关于大米的故事 …………………………………………… 104
护秋往事 …………………………………………………… 107
知青的乡村爱情 …………………………………………… 111
青年点的"诗"与"歌" ……………………………………… 114

"扒眼"与偷拆信件 ································· 117
青年点抓"小偷" ································· 120
最别致的"处罚" ································· 123
无聊的游戏 ······································· 126
青年点的"群殴事件" ······························ 129
青年点的两次翻车 ································· 131
由《队歌》想起的 ································· 134

第四章 我的经历

身不由己做"诗人" ································ 139
知青生涯的第一课 ································· 145
我为知青战友"代笔" ······························ 148
我投了自己一票 ··································· 151
一段还没开始就结束的初恋 ·························· 155
我为打人一事深深自责 ······························ 157
看书、买书、偷书 ································· 160
那次被打之后 ····································· 164
两次考大学的经历 ································· 167
我当代课老师 ····································· 173
当猪倌的一段经历 ································· 176

第五章 难忘人物

青年点的女饲养员 ················181
"活驴"二鹏 ················184
我和老农队长的一段情缘 ················186
我的知青挚友 ················191
下放户张家大哥 ················194
青年点的老知青 ················196
老顽童"卞哥" ················198
一个有故事的人 ················201
知青点"活宝" ················205
听"老党"讲古 ················208
无法兑现的承诺 ················211
青年点的带队干部 ················214

后　记 ················217

第一章 初到盘锦

第一章 初到盘锦

初尝有米没菜的滋味

我们这届中学生本该在1973年毕业,却阴差阳错地被拖到1974年。

当时,我们中学毕业后面临的大环境是——升学无望,因为大学、中专已经停办,就业无着,而且工厂都忙着搞运动,基本上不再生产,根本就不招工。既然中学毕业后别无选择,下乡就成了唯一出路,那时我父亲在沈阳北站工作,我早早就在那儿的知青办报了名。从我们这届开始,知青上山下乡实行厂社挂钩,由应届毕业生家长所在单位与接收地区联系并负责动员、安置等相关组织工作。当时沈阳北站安置知青有两个地方,一是条件相对好一点的沈阳近郊的新城子区马刚乡,一是条件艰苦的盘锦地区大洼县新立农场,我向沈阳北站知青办递交了要求去盘锦的申请。我的初衷不外乎通过艰苦的生活磨炼自己,同时也对盘锦的"一天三顿大米饭"充满了渴望。当年沈阳铁路系统下乡到盘锦的知青共分三批,即9月初一批,9月中旬一批,9月末一批。我被安排在第一批。

远逝的青春岁月

9月2日，早上我们还在锣鼓喧天、红旗招展的市政府广场接受市党政军领导的接见和革命群众的夹道欢送，中午就到达了新立火车站，部队农场的敞篷大解放汽车一路颠簸着把我们拉到了青年点。我们的青年点是一排坐北朝南的泥顶土坯房，坐落在姜家村的东南角上，知青宿舍有四间大屋和两间小屋，西边是食堂兼仓库和管理员的宿舍。青年点前面的沟里长满了芦苇，密密实实的苇叶相互簇拥着，像一道绿色的屏障。青年点的人员由三届知青构成，六八届、七〇届的和我们这一届的。我们的青年点实际上是一个独立核算的生产队，对外叫姜家青年队，对内叫姜家青年点。新知青到达后，队里召开了隆重的欢迎会，然后用丰盛的午餐招待前来送行的家长和刚到的新知青。送走了家长，安顿好行李后，队干部带着我们这些新知青在村子里转了一圈，边走边介绍周边的自然环境和当地的风土人情。晚上，新知青领取饭票，第二天就和老知青一起在食堂打饭吃，从此开始了"一天三顿大米饭"的日子。头几个月，我们几乎每顿都是大米饭加冬瓜汤，而且清汤寡水。老知青告诉我们，这里根本就没有菜，你们来的那天所有的菜都是为了欢迎你们现从沈阳买来的。

那时的盘锦除了苇塘就是盐碱地，种不了大田，只能种植水稻。当年的新稻子磨出大米做出的米饭油亮喷香、口感特别好，知青不就菜也能吃上两大碗。我们常常自豪地对下乡到辽西、辽北的同学说，"盘锦大地红烂漫，一天三顿大米饭，吃顿窝头是改善"，引来一阵阵的羡慕和赞叹。但大米属于淀粉含量高的食品，吃后极易产生胃酸,顿顿米饭,吃不着蔬菜,时间久了知青们一见米饭胃里就直泛酸水,一些人由此落下了胃酸过多的毛病。

几个月后,我当了青年点的伙食长。当伙食长最发愁的就是食堂有米没菜。为了让知青们吃上菜,办法也想了不少:求附近部队农场的汽车到北镇县去拉大白菜,让回沈探亲的男知青往回背冬瓜、土豆,无奈还是满足不了全点七八十口人的吃菜问题。农忙时,由于没菜,青年点的食堂曾经用一勺油切上一根葱做过汤,而且只能保证每个知青的碗里有几滴油花和一丁点葱末。最困难的时候,青年点的食堂就烧一锅开水然后倒进一包味精加上一勺盐让知青们就饭吃。

青年点的知青编了好多的顺口溜,什么"一天三顿汤,两眼泪汪汪""早上喝汤迎朝阳,晚上喝汤照月亮",调侃青年点的伙食。那时,家庭生活条件好一点儿的个别知青,从家带来荤油、酱油或者肉酱拌饭吃。我记得,有一个知青的母亲在商店卖副食,她把商店卖豆腐乳剩下的汤汁带到青年点,给大家拌饭吃。再后来,沈阳北站利用管理各工厂铁路专用线的关系,联系当时的皮革厂要来了工厂清理猪皮时废弃的猪肥肉残渣,用汽车拉到了青年点,青年点的食堂足足熬了两大桶猪大油,给知青们做汤用。尽管这种油颜色暗黄而且还有点像现在所说的未经加工的地沟油,吃起来有一股哈喇味,但知青们也不在乎,照吃不误,因为总比光喝清汤寡水强。有时,知青吃饭时偶尔也会舀上一羹匙猪大油加点酱油拌饭吃。

离开青年点后,我大约十几年没吃过大米饭,大米饭一吃到嘴里,胃就不舒服,十几年不愿喝汤,任何鲜美汤汁我都会感到索然无味,因为对当年有米没菜、天天喝汤的记忆太深刻了,似乎对米饭、菜汤产生了强烈的条件反射。

第一天劳动就挂彩

我下乡后的第三天就开始参加劳动。队里分配给我们新知青的任务是割稗穗,并派一个老知青负责传帮带,我们每个人从保管员那里领了一把镰刀。下乡前,我们都参加过学工、学农劳动,对于干农活儿并不陌生,但干水田的活儿还是头一次。面对着一望无际的稻田,稻浪翻滚,一片金黄,像金色的海洋,每个人都显得异常兴奋和好奇。新知青用塑料布做个兜子挂在胸前,穿着水田靴就要下田。老知青立即拦住了大家:"你们的镰刀还没磨呢,怎么干活?"新知青说:"都是新镰刀,还用磨呀?"老知青说:"新镰刀根本就不能用,需要开刃。其实新镰刀即使开了刃也不好使,刀把磨手,不如我这把旧的好。"说着,老知青从口袋里拿出一块磨石,坐在地上,开始给新知青磨镰刀。也有的人要自己磨,但费了好大的劲,不但磨不快,还把镰刀磨"哑"了。老知青又手把手地教,这时我才知道磨刀的诀窍,刀磨得好不好,磨完了要拿起来看,看刀刃上没了白茬,见到似有似无的水印,那就是磨好了。

镰刀磨完了，大家立即下到地里，每人负责四条垄，开始在水田里割稗穗。老知青告诉大家，稗草是生长很旺盛的一种杂草，在水田里它和水稻争光、争养分，不除就影响水稻的收成。知青每年春天都要拔一次稗草，秋天还要割一次稗穗，割过稗穗的水田第二年稗草出得就少。看到稗草才知道，它的外形和稻子极为相似，但它叶片不像稻叶那样发涩，颜色较浅，棵大秆粗，比稻子高出一大截。割稗穗时要一只手抓住稗穗，另一只手拿镰刀把稗穗割下来，放进胸前的兜子里。如果有的稗穗离自己远一点，就用镰刀把稗草的秆勾到跟前再割。割稗穗的活儿并不累，加上第一天劳动大家都觉得新鲜好奇，一边说着话，一边干着，整个田间充满了欢声笑语。不大一会儿每人就割了一兜子，把它倒进地头的麻袋里，再回到田里，继续割，一上午把一大块地的稗穗清理得干干净净。新知青看着自己的劳动成果都非常高兴。

下午，新知青又转到另外一块地去割。可能是干了一上午，我觉得轻车熟路了，干起来更加轻松，有时一边走着，一边就把稗穗割下放进兜子。老知青讲的那些要领和注意事项也就忘记了。在一片倒伏的稻田中，本来就不好走，稗穗和倒伏的水稻混在一起也不好割，突然脚被倒伏的稻子绊了一下，身体失去了平衡，割稗穗的镰刀割到了手指上，鲜血喷涌而出，手指连骨头都露了出来。老知青马上赶过来，帮我止血。过了一会儿，大家见我的手指还在流血，脸也变得惨白，老知青又背着把我送到了大队医务室进行处理。

第一章 初到盘锦

下乡后第一天参加劳动,本想好好表现一下,结果事与愿违,割伤了手指,搞得自己在人前丢尽了脸,我感到非常懊恼。晚上写日记时,我忍着疼痛记下了割稗穗时手指受伤的过程,狠狠地批评了自己轻视劳动,四体不勤,五谷不分的行为,还剖析了产生这种行为的思想根源,决心在农村火热的生产斗争中认真改造世界观,不断锤炼自己。

青年点杀猪

秋季，地里的稻子已经成熟，秋收"大会战"即将开始。为了鼓舞士气，队里决定在开镰前杀一头猪给知青们改善伙食。那是我下乡第一年，因为在城里长大的孩子，从未见过杀猪，所以新知青们闻讯后都赶到了现场，从而有机会目睹农村杀猪的全过程。

早上，知青们吃过早饭，青年点的食堂就忙乎开了，做着杀猪前的各种准备。一会儿从外村请来的"屠夫"到了，队长和伙食长像迎接贵宾似的忙前忙后，递烟递水伺候着。在我的印象中，屠夫一般都是四肢粗壮，长相可怖，说话粗声大气，甚至还长着胸毛，可这个"屠夫"，个子不高，瘦瘦的，说话轻声轻语，跟我的想象大相径庭。说话间，"屠夫"抖搂出一个油脂麻花的包袱，摊在地上亮出了杀猪刀、砍肉刀之类的东西，嘴里还不住地夸耀着这些屠宰工具的悠久历史。

一会儿，"屠夫"开始磨刀，老农队长带着几个知青开始抓

第一章 初到盘锦

猪。饲养员先把猪从圈里放出来，拿出一些东西喂猪，老农队长走到猪的后边，用手挠了挠猪的后背，帮猪抓痒，然后突然抓住猪的后腿向上一提，猪立即失去平衡倒下，几个知青拥上去按住猪，在猪的号叫声中，七手八脚地将猪的前左后右双蹄捆在一起，四蹄交叉捆绑，两个知青插上木杠将猪四脚朝天抬了起来，先是称重然后放到事先准备好的一个案板上。这时猪的嘴也被捆了起来，不知是为了防止猪急了咬人，还是人们忍受不了猪临死时发出的凄厉惨叫。

"屠夫"刚刚磨好了刀，在自己的围裙上杠了几下，吐掉了衔在嘴上的烟蒂，吩咐一个知青用镐把使劲敲了一下猪头，被敲晕的猪马上停止了挣扎和号叫。随着一声"准备"，有人将一个大盆放到了案板下靠近猪脖的地方，只见"屠夫"弯下腰，拿着明晃晃的尖刀，先在猪脖子上轻轻刮了两下，接着一手抓住猪的耳朵，一手拿着尖刀顺着猪脖颈斜捅直刺猪的心脏，猪发出了几声凄厉的惨叫，四蹄挣扎了几下就不动了，剩下的只是有气无力的哼哼声。"屠夫"拔出尖刀，瞬间一股鲜红的猪血喷涌而出，用大盆接猪血的知青，一边往盆里放入盐粒，一边用木棍轻轻搅动。伴随着猪的哼哼声，猪血一汩汩从刀口流出，空气中弥漫着浓浓的血腥味。不大一会儿，血流尽了，猪停止了最后的抽搐。一个老知青在一旁插科打诨，他指着一盆猪血说，这是典型的"四大红"之一。

"屠夫"解开捆绑猪蹄的绳子，用刀在猪的后小腿上割开一个小口，拿着铁钎插了进去，并不断变换方向在猪的皮里肉外插来插去。抽出铁钎，"屠夫"擦拭了一下铁钎，又在猪身上蹭掉了尖刀上的血迹，到一旁抽烟去了。几个知青轮流蹲下鼓起腮帮子对着猪腿上的小口使劲往里吹气。这时我也加入了给猪吹气的行列，事后一个知青老大姐对我说，不嫌脏吗？我说当时光顾着高兴了，哪还会顾忌这些。吹气的人涨得满脸通红，吹完一次气，捏住小口，边上就有人用棍子不停地拍打猪的周身，以便让吹进去的气在猪体内窜开。几个来回，猪终于膨胀得像个大皮球，四条腿也支棱起来了，"屠夫"再用细绳紧紧系住猪腿刀口的上方。

外边杀完了猪，食堂大锅里的水也烧开了。"屠夫"指挥知青们把猪抬上锅台，一个知青拿着瓢往猪身上浇开水，"屠夫"用扇刀头非常麻利地刮皮褪毛。不大一会儿工夫，猪就被刮得干干净净了，一头大黑猪变成了大白猪，再找一个知青再用清水把猪身冲洗了一遍。

知青们把洗干净的猪倒挂在了食堂房梁悬着的铁钩上，"屠夫"拿出一把小刀，先把猪的肚子剖开，取出内脏和下水，各放到一个盆里，由食堂的人负责收拾和清洗。"屠夫"又换了一把砍刀，沿着猪的背脊将猪身劈成两个半边，同时卸下猪头和猪蹄。"屠夫"的活儿做完了，队长和伙食长奉上刚刚割下的猪肉，千谢万谢地送走了"屠夫"，食堂的炊事员开始分割猪肉。

记忆中，杀猪那天青年点就像是过节，每个人的脸上都荡漾着笑容，对新知青来说，既过了眼瘾又可一饱口福，高兴极了。我记得，当天食堂给每个知青发了一斤猪肉、一斤白面，让知青们自己包饺子。那次青年点杀猪尽管已经过去四十年了，但那场景却成了我的一段抹不去的记忆。

秋收和打场

过了"十一",队里的秋收就正式开始了。

新知青手握镰刀,有的人口袋里还揣着磨刀石,女知青则戴着套袖,都已经做好了收割前的准备。在地头,老知青讲解割稻子的要领:先是用镰刀割下两把稻子,提起稻穗做个"要子"放在脚下,再弯下腰来,一只手抓住稻秆,另一只手握着镰刀,尽量压低用力拉刀,稻子就割下来了,抓稻秆的五个手指每个指间是一条垄的稻子,割下的稻子放到"要子"上,割到一定数量就要打捆儿。老知青讲解和示范之后,大家每人负责五条垄,跟在"打头的"老知青的后面开割。队长在一旁嘱咐着,一开始不怕慢,别割了手。

最初,新知青们都显得十分兴奋,说着笑着,但很快就顾不上了说笑,因为稍有停顿就可能被落下。每个人都弯着腰,闷着头割,只有镰刀割稻子的"唰唰"声音。开始我们捆儿打得不好,都是捆捆儿时拧巴一下"要子"往里一掖,捆儿不紧容易散,戳在地里也七扭八歪的,后来逐渐掌握了打捆儿的要领。水稻棵矮,割时得弯大腰,从早上七点开始,一直要割到中午。其间顶多歇两气,每次十多分钟,其余的时间就是不停地割,累得腰疼、胳膊疼,到了地头腰都直不起来了。其次是稻叶刺手、稻芒扎手、稻秆磨手,又不能戴手套,半天下来两只手伤痕累累。中午匆匆吃一口饭,休息一会儿,下午接着干,晚上腰疼背酸,痛苦难耐。现在回想起来,割稻子比插秧的活好干一些,劳动强度不如插秧大,持续的时间不如插秧时间长,整个收割期就十几天。如果太累了,还可以借磨镰刀的机会坐在稻捆上歇息一下或者抽袋烟,攒足了劲接着再干。但不能混,比如挠秧、拔草,多干一点少干一点别人也不易发现,可是割地,你的镰刀不到稻子就不会倒下,坚挺地站立在那儿。割稻子竞争性强,大家排垄拿趟子,互相比拼,谁也不甘落在后面。

完成了秋收,戳在地里的稻子要一捆捆整整齐齐地码在田埂边进行晾晒,十一月份才能往场院背。割稻子的时候都喜欢图快愿意捆大捆,背稻子的时候就愿意挑小捆。一般情况下,每个人能背七八捆,一根绳子捆上,背起来就走,远远看去,像一座座小山在移动。背稻子时双肩垫上条毛巾,即使这样一天下来,双肩也会被绳子勒得又红又肿。稻子上了肩就觉得脚下没根,路上最怕赶上刮风和跨越水沟,风稍微大一点就容易把人掀翻,跨越水沟时也容易前仰后翻,这时候每迈一步都觉得十分艰难。从地里到场院大约得走几百米的距离,稻捆一旦上肩不到场院就不能放下歇息,因为稻子经过了近一个月的晾晒,稻梗已经很脆,一放一起会造成许多稻粒的脱落，再苦再累也要坚持背到场院，除非你被大风刮倒或掉到沟里。稻子运到了场院，几天的工夫就垛起了几个大垛，像一座座山，这是全队知青一年来通过艰辛劳动得来的丰收成果。看着场院里垛起的大垛，知青们心里都充满了喜悦。

在大队人马往回背稻子的时候，场院打场的准备也开始了。一些人用铁锹铲去空地上的杂草，然后用老牛拉着石碾把地轧实压平，同时架设电线，安装并调试脱粒机等机器设备。万事俱备，只待严冬。

打场一般都是要等到每年的十二月初，因为这个时候天寒地冻，气候干燥，便于水稻脱粒和储藏。平时，知青们各有各的分工，或者分布在不同的地块干活，人不显得那么多，打场一开始，全队的知青呼啦一下子都集中到了场院，好不热闹。知青们都是全副武装，男知青戴着炼钢工人的那种防护帽，女知青则用各色围巾把头和脖子围个严严实实，防止稻粒上的碎末掉进脖子里。电机一响，安置在场院中心的五台联机滚筒脱粒机转动起来，知青们立即投入到紧张的打场。通常是七个人一组，流水作业，相互间的配合要协调默契，一台脱粒机后面站着两个人负责打稻，两双手不停地翻转稻把，一个人从稻垛往脱粒机两边的架子上运送稻捆，一个人专门解稻捆的"要子"，两个人站在打稻人的身后递送稻把，还有一个人把脱完粒的稻草运走。在脱粒机前，还要有人把滚筒上甩出的稻秆收集起来，送到打稻机里，再经过吹粒机把稻粒吹筛一遍，或者用木锹扬一下，去掉稻粒中的杂质。

打场的时间极不固定,因为十二月是用电高峰期,电业部门常常要拉闸限电。有时白天一天都没电,晚上来电了,知青们就得挑灯夜战。半夜三更,如果刮起北风,会把人的棉衣、棉鞋冻透。打稻的人不能戴手套,双手冻得像猫咬似的痛,因为脱粒机滚筒的转数很高,稍不留神,手臂就会被卷进飞转的机器里。但夜战也有一个好处,那就是队里要招待大家吃一顿夜餐。打场期间,队里会派人到周边的集市采购一些白菜土豆,甚至会买上点肉,吃夜餐是知青们最惬意的时候。最让人受不了的是,凌晨三四点钟知青们睡得正香,也是天气最冷的时候,突然来电了,"起床上工"的呼喊声惊得人们心里一阵哆嗦,赶忙揉着惺忪的睡眼极不情愿地从热被窝里爬起来。打场不是太累的活,就是经常夜战,再困也得挺着,场院没遮没拦北风刺骨,穿多了干活不方便,穿少了又太冷。

大约经过一个多月的忙碌,到新年前打场的活就基本结束了。

第一次送公粮

冬天打完场后,除了留下队里知青的口粮,其余的就要交公粮了。据当地的老乡讲,最好在刮北风天分口粮,这种天气条件下,湿度低,水汽小,可以多分一点。那刮南风天就是送公粮的日子了,理由不言自明。知青才不管这一套呢,觉得没必要跟国家计较,上边规定哪天送我们就哪天送。

送公粮是个体力活,扛包、装车、卸车都需要壮劳力,我下乡的第一年这些活还是由老知青来完成,随着新知青的逐步增多、新知青的体魄逐渐强壮,送公粮的活自然而然地就落在了新知青身上。记得我下乡的第一年,队里安排我和几个老知青跟车往农场粮库送公粮,并不是因为我身体强壮,而是由于我是食堂的管理员,要负责给送粮人员办伙食。

送公粮是累活但也是俏活,男知青都抢着做。虽然它劳动强度大,但也只是在装车、卸车的时候累一会儿。更多的时候还是押车,坐在大车上能外出兜风散心,这是年轻人最简单的需求,足够让人羡慕忌妒的了。装车的时候,车上一人负责码包。车下两人一组,分别站在麻袋两边,一人抓住麻袋一角,另一人抓住麻袋的上方,把麻袋抬到车上,车上的人再把麻袋码齐,把车装满。装车是个技术活,通常都是车老板来做,因为稍有一点差池,大车走在路上麻袋就可能重心偏移,或者出现散包。车装满后,车老板还要给麻袋捆上绳索,再用绞杠绞紧,到此才是完成了装车。

跟装车相比,交粮倒是一件很麻烦的事。送公粮的人要起早赶着大车到粮库排队,粮库的检验人员拿着"扦筒"和小托盘,来到车边验货。检验者一副苦大仇深的模样,故意刁难,尽力压低粮食的等级,送粮的人则点头哈腰,苦苦哀求着,恳求检验者开恩,再抬抬粮食的等级,有的还偷偷给检验者塞钱、递烟。知青们哪受得了这种气,这场景只是在电影里见过,但那是国民党反动派的"白狗子"对待劳苦大众。于是,撸胳膊挽袖子要教训这个验收员。车老板及时拦住了知青,小声告诉大家,别理他,他说了不算,我们认识粮库主任"墨黑子",等级差不了。大车进了粮库,经过检斤称重,卸车就轻松多了。知青把麻袋从车上卸下来扛到卷扬机边,解开麻袋的扎袋草绳,捏住麻袋一角,把稻子直接倒进卷扬机的一端,卷扬机就直接把稻子送进了粮仓。最后开出大票,公粮就算送完了。

出了粮库的大门,到场部唯一的一家饭店,点上两个菜再喝点小酒是必不可少的,而且这顿饭绝对是队里请客,不需知青掏一分钱。席间,车老板告诉我,我们每年都要打点一下"墨黑子",以后队里来客人了找他批几斤白面没问题。后来，队里来客人，我确实找过"墨黑子"批白面。真是百闻不如一见，此人长得太黑，估计掉到煤堆里肯定找不到。酒足饭饱，送公粮的一行人坐着大车，高兴地唱着歌往回赶，更让知青们高兴的是交完了公粮，就意味一年的活干完了，终于可以踏踏实实地休上几天了。

难忘青年点吃饺子

下乡不到半年就赶上了春节放假。那年春节放假前，队里杀了猪，犒劳大家，把剩下的小半扇猪肉留给收拾场院晚走的几个知青。

大队人马走后的第二天，队长对晚走的知青说，人多好干活，人少好吃饭，今天什么活儿都不干了，开个饺子宴，让大家管够"造"（吃）。知青们欢呼雀跃，欣喜若狂，比在家里过年还高兴。从上午大家就开始分头准备，几乎是男女知青齐上阵，剁馅的剁馅，和面的和面，没有擀面杖就到附近的老乡家去借，光饺子馅就拌了一大洗脸盆。包饺子时，没有面板就搬来一个知青的箱子用箱子面做面板，擀面杖不够，一个知青就用白酒瓶子代替，说如果再不够我就只好锯锹杠了。知青们围着"面板"，个个高挽袖口，摩拳擦掌一试身手。尽管饺子皮擀得薄厚不均，饺子包得大小不一，形态各异，有的甚至是七扭八歪，千奇百怪，但知青们绝不在意，反正都是饺子，而且饺子好吃不在褶上，只要馅里有肉有菜就行。

大家每包两盖帘下一次饺子，吃完后再继续包。其间有两个知青为了多吃一点，每吃完一次饺子就出去跑上一会儿，使自己吃进肚子里的食物尽快消化掉，然后返回还能吃几个饺子。就这样从中午开始，包了吃，吃完再包。一直到晚上，吃得知青们直打饱嗝，连弯腰下蹲都费劲。队长说，这样下去不是个事，一碗饺子刚吃完一活动就消化差不多了，这样下去吃到半夜也完不了，多少肉，多少面也不够，干脆这回多包几盖帘再下锅，让大家一次就吃个够。于是，一场马拉松式的饺子宴才得以结束。后来，知青们每每说起这顿饺子宴，都忍俊不禁，仿佛香味还在舌尖萦绕，回味无穷。

　　就这样，四十年前青年点的那次吃饺子，永远定格在我的记忆中……

第一章 初到盘锦

第一次参加插秧

　　一年一度的插秧即将开始。队里除了给知青们改善伙食还召开了动员会。会上，队干部反复强调插秧对水稻生产的意义，要求知青们要发扬"一不怕苦，二不怕死"的革命精神，坚决打好插秧生产大会战。知青们纷纷表决心，大家说得最多的就是"机不可失，失不再来""你误庄稼一时，庄稼误你一年"和"轻伤不下火线"。这是我下乡的第二年，也是第一次参加插秧劳动。会后，队里让我给大队广播站写稿，对动员会进行报道。带队干部老刘是省电台的记者，当晚，写报道稿时，基本上是他口述，我记录，印象最深的是，老刘用南方口音拖着长腔："姜家青年队全体知识青年群情激奋，纷纷表示……"

　　第二天，天不亮知青们就被叫醒，吃过早饭，大队人马浩浩荡荡开到地头。由于新知青人多，队里就先让老知青演示怎样插秧，然后再提出插秧的各种要求。知青们自愿组合，三个人一组，基本是一男二女，男知青负责挑秧，女知青插秧。

水稻插秧分两个部分：

一是挑秧。由于我们那时已经实行了隔离层育苗（所谓的隔离层育苗就是在苗床先撒上一层稻烂子，稻烂子上铺一层黑土，用木磙儿轧实，然后播种，再覆盖上黑土轧实），它的最大好处是不用"镦"苗，拔苗时不伤根，挑秧的人把大片的秧苗从苗床上拔起，放到一个类似土篮的木架上，挑到插秧的水田里。这些带土的秧苗一挑大约一百六七十斤，男知青挑着沉甸甸的秧苗，走在窄窄的田埂上，战战兢兢，忽左忽右，就像是走钢丝一样，有的时候还要跨越上水线、下水线，一不留神就可能跌倒，连人带秧苗一起滚入水里，弄得满身泥水，或者陷进泥里，连泥带水灌进水靴，痛苦难耐。秧苗挑到水田边，只需把秧苗均匀地抛到水田里就可以了。只有这时挑秧的人才能直直腰，紧接着还要去挑下一次。一天下来，挑秧的人不光肩膀磨得红肿，像针扎似的疼痛，而且腰痛背痛。

二是插秧。插秧前，插秧的人要拉上两根尼龙线绳，插秧的两个人分别在绳子两端固定好绳子，分别沿着绳子，你往这边插，我往那边插，到绳子的两端再重新打线。插秧是个技术活，要弯下腰来，一手托着一片秧苗，一手用拇指、食指和中指分出三株至五株秧苗，沿着尼龙绳插入泥水里。插下的秧苗深浅要适宜，插得太浅，秧苗就可能浮上来。插得太深，也不利于秧苗的生长。插秧的人要手脚并用，两手紧贴着水面，不停地分苗、接苗、插入，脚下走着螃蟹步，一个人一天大约要插一亩到一亩半的秧苗。插秧的女知青真不容易，插秧的那只手一天要插进泥中成千上万次，很多人的指甲磨秃连手指缝都烂了，同时还要在冰凉的水里泡上十几个小时，弯着腰机械地重复着单调动作，想坐下休息一会儿或者上厕所都没地方。我在有的女知青的回忆文章里看到，为了解决自己上厕所难的问题，她们在插秧时，往往故意坐到水里，把自己的裤子弄湿，这样就免去了上厕所的麻烦，不知道我们青年点的女知青是否这样做过。

插秧劳动基本是两头不见日头，当时的口号是"早上四点半，中午连轴转，晚上看不见""大雨不算下，小雨是晴天""革命加拼命，拼命干革命"。这样超负荷的劳动，知青们很容易受伤，由此落下病根。现在当年的知青中有不少人患有与腰肌腰骨损伤有关的疾病，恐怕就与当年的劳作有关。

十几天下来，男知青肩膀磨出了大泡，女知青手指已经僵硬甚至手腕腱鞘发炎，知青们个个都晒得黝黑，累得疲惫不堪，但完成了三百多亩水田的插秧，激动心情溢于言表。有的知青说，过去只知道大米好吃，不知道种水稻这么辛苦，这次终于领教了。

远逝的青春岁月

听老贫农"忆苦思甜"

所谓忆苦思甜就是忆旧社会的苦，控诉反动统治阶级剥削压迫人民的罪行，思新社会的甜，夸赞人民群众如何在共产党毛主席领导下，翻身做主，过上了幸福生活。忆苦思甜是当时政治运动的一部分，农村的各级组织常用这种形式对知青进行阶级教育，意在提高知青的阶级觉悟。

我刚下乡时曾经参加过一次忆苦思甜会，至今回想起来还觉得滑稽可笑，但只是觉得让人笑不出来。

忆苦思甜会在大队部召开。全大队四个老农队、三个青年队派代表参加大队主会场的会，其余各队的老农和知青在本队通过有线广播收听大会的实况。

为了营造严肃的气氛，会议要先对阶级敌人进行批斗，作为垫场。会议开始，主持会的大队革委会副主任一声吆喝，全副武装的基干民兵把全大队的地主、富农、坏分子押到会场，那些地主、富农、坏分子战战兢兢地站在会场的前边。两个知青代表发言进行批判。批判的内容印象已经模糊了,大概是说一个人在旧社会雇了伙计还养了胶皮轱辘大车,另一个人在中华人民共和国成立后还偷听敌台的广播,盼望着蒋介石反攻大陆,企图复辟翻天。印象比较深的是一个知青抑扬顿挫的批判发言。他在批判发言中说到了地主阶级的剥削,于是上挂下联,说党内头号走资本主义道路的当权派还公然鼓吹剥削有理、剥削有功,真是屎壳郎打喷嚏——满嘴喷粪。由于这句歇后语是我第一次听到,觉得很新鲜,所以至今还记得。

批斗结束,阶级敌人被押了下去,忆苦思甜正式开始。做忆苦思甜报告的是邻村的"老党"。我最初还以为"老党"是一个人的外号或别称,后来才弄明白,在当地,"老党"通常是指早年就入了党,各项工作都一直走在前头的老贫农。这个"老党"个头不高,还有些驼背,一副苦大仇深的模样。他坐到台上,开始讲旧社会他家庭生活如何艰苦,什么房无一间,地无一垄,吃糠咽菜之类的话。接着讲到给地主扛活的事,他说我们村的老地主非常抠门,平时不舍得吃,不舍得穿,一个咸鸭蛋就饭能吃好几天,过年过节连一块豆腐都舍不得吃。都是财迷,就想攒钱置地、置牲口。台下的人面面相觑,觉得不大对劲,有的窃窃私语,这不等于说地主阶级的财富不是靠剥削和掠夺农民得来的,而是靠个人的勤俭节约得来的吗?

副主任忙插话:大爷,地主的事暂不说了,就说你扛活受苦的事。"老党"正说到兴头上,话被打断,有点不高兴,瞥了副主任一眼,不情愿地讲起了自己给地主扛活的事。给地主扛活,一年到头起五更爬半夜，风里来，雨里去，又苦又累，一滴汗珠掉到地上摔成八瓣。不过东家还行，农活最忙的时候大米饭管够"造"（吃），隔三岔五还有猪肉炖粉条，炸大果子（油条），他的孩子都不许上桌……

越来越不像话了，这哪儿是忆苦，分明是给地主阶级评功摆好，歌功颂德，唱赞歌。当时盘锦农村生活非常艰苦，当地农民能吃上稀饭已实属不易，我还从未见过谁家吃过猪肉炖粉条和炸大果子。台下刚才憋着没敢笑出声的终于笑出了声，紧接着会场又出现了一阵笑声。副主任马上接话，大家不要笑，这是严肃的阶级斗争。地主给扛活的吃猪肉炖粉条和炸大果子，是黄鼠狼给小鸡拜年——没安好心，是为了更好地剥削农民，榨干劳动人民的血汗，就像年根底下，我们给猪喂好吃的，让它长膘是为了吃它的肉。地主阶级最阴险毒辣……

副主任的话没起到什么作用，会场彻底乱套了，人们有的交头接耳，有的相互取笑，有的大声喧哗。副主任见势不妙，马上宣布忆苦思甜会结束。整个会议只有忆苦，没有思甜，讲到一半就不能讲了，让做报告的"老党"一脸的茫然。一场严肃的阶级教育会就这样匆匆结束了。

知青们有说有笑地离开了会场。在回来的路上，有人小声唱起了《不忘阶级苦》那首歌：天上布满星，月儿亮晶晶，生产队里开大会，诉苦把冤伸。万恶的旧社会，穷人的血泪仇。千头万绪涌上了我心头，止不住的辛酸泪挂在胸……歌声在寂静的夜空中回荡，但跟知青们的欢声笑语极不谐调。当时我十分困惑,我们接受的教育从来都是地主阶级穷凶极恶:周扒皮为了让长工多给他干活,半夜钻进鸡窝学鸡叫;刘文彩大斗进小斗出盘剥农民,还三妻四妾,荒淫无度,私设水牢关押农民;黄世仁在除夕之夜讨债,逼得杨白劳喝卤水自尽,喜儿惨遭欺凌,跑进深山成为"野人"……地主阶级敲骨吸髓地欺诈和残害穷苦农民,个个都罪大恶极,怎么"老党"却说老地主还行,还能给扛活的贫苦农民吃猪肉炖粉条和炸大果子?农民对地主阶级真有什么深仇大恨吗?真是百思不得其解。

可能是考虑到这种教育的效果,弄得不好反而会适得其反,后来大队再也没开过"忆苦思甜会"。

抽烟的理由

我下乡后学会的第一个不良嗜好就是抽烟。最初不是因为好奇，更不是因为喜欢，主要是在生产劳动过程中，抽烟的人可以明目张胆地以抽烟为名坐下来"歇气儿"，而女知青和不抽烟的男知青，则只能继续干活。

本来，劳动过程中大家累了，站着或者坐下来歇一会儿，无可厚非，但有的人就是不允许。一些工作方法简单粗暴的人，特别是个别有点劣迹的知青当了作业组组长后，他会大声斥责甚至辱骂你，说你偷懒耍滑，认为你的懒惰会影响大家的生产进度。坐下来抽烟就不同了，我烟瘾犯了，抽袋烟补充点能量，磨刀不误砍柴工，理由极其充分。在干活时，"抽袋烟"基本就是"歇一会儿"的同义词。

在农忙的时候，因为抽烟，男知青可以离开水田，歪倒在田埂上，掏出各自的烟来，吞云吐雾，尽情享受着那一刻的轻松。为了能享受到抽烟这一特殊待遇，很多知青都学抽烟。时间久了，一些

第一章 初到盘锦

人也慢慢染上了烟瘾。

知青学抽烟还有一个原因就是队里开会。无论是大会还是小会，最后都会开成个大尾巴会，讲话的人吐沫星子乱飞，车轱辘话，从东到西，从西到东，听会的人都昏昏欲睡。无奈就只得抽烟，靠抽烟来抵抗瞌睡和消磨时间，而且别人抽烟你不抽你就干挨呛。我就是从那个时候起开始抽烟的，至今恶习难改。

知青抽烟跟环境多少也有些关系。在盘锦农村有一个风俗，家里来了客人，不是给你倒水请你喝茶，而是不管你抽不抽烟，主人都要把烟笸箩递给你，以示对客人的热情和尊重。在这种环境中，知青抽烟更加方便。老乡家的烟就是那种刺鼻的烟草，我们管它叫"蛤蟆癞"。"蛤蟆癞"是东北农村的土产，产量不高，质量也不好，不像一般的烟草叶，色泽好、烟香味浓，它的叶子小、色泽深绿，且皱皱巴巴，很像癞蛤蟆的皮。"蛤蟆癞"抽起来辛辣，别人闻着有点臭，但抽的人会感到嘴里有股香味。抽"蛤蟆癞"，卷烟需要功夫，有一定的技术含量。先把一条烟纸平放在左手的食指、中指上，用拇指压出一条浅槽，右手把烟叶放到上面，仔细地搓碎，再用两手把烟卷成筒形，右手捻纸筒的一端，卷实，最后用舌尖轻舔烟纸边沾上，这样一支小喇叭状的烟就卷成了。

那时当地人管知青抽的香烟叫"洋烟"，管自己抽的烟草叫"旱烟"。知青们基本是两种烟混着抽，香烟抽没了就到老乡家要一点"旱烟"来抽。时间长了，很多知青的烟瘾都很大，每天都离不开烟。有很多次，我们在宿舍里突然发现大家都没有烟了，于是只好满地去找那些过去丢掉的烟蒂，一边愤愤地声讨那些浪费烟的人，一边耐心地把它们掰开，重新卷上点上，再抽。

在青年点，不管是谁从家回来，都要带几盒香烟请大家抽，这是不成文的规矩。平时，知青抽烟也要有福同享，不能自己独吞。特别是开会的时候，谁拿出烟来，一定要每人送上一支，用当地的话说，就是"宁落（La四声）一屯，不落一人"。青年点有个老知青，烟瘾很大。一次队里开会，他掏出一个皱巴巴的烟盒，拿出一支，看看里边，似乎里边再没烟了，就把烟盒用手攥了一下，扔到了地上。烟盒里只有一支烟了，那当然就得自己享用了。过了一会儿，这个老知青的烟瘾又犯了，他捡起扔在地上的烟盒，从里边又抽出一支，叼在嘴上，悠然地点上火，抽了起来。老知青身边的人发现了，说怎么你会变戏法？那个时候，为了多抽一支烟，知青什么雕虫小技都能想得出来。

第二章 艰苦生活

盘锦的水里有小虫

沈阳沈阳我的家，

儿在盘锦心想妈。

盘锦水里有小虫，

喝到嘴里直蹦跶。

这是当时盘锦知青中流行的顺口溜。虽然有些夸张，但那时人们的饮用水不干净却是真真切切的。

盘锦作为退海平原，其地下没有淡水，地表水既不能饮用也不能做灌溉用。盘锦的生活用水和农业用水主要靠上游水库供应。春天，上游水库开闸放水，水通过总干、支干、支线、上水线流入水田，知青们开始泡地、耙地、育苗、插秧，同时将接近枯竭的"吃水坑"灌满；秋天，"吃水坑"再灌一次水，这样一年的饮水就有了保证。

"吃水坑"的水在春、冬两季还算干净，到了夏天和秋天水质就变得很差，水里子孓丛生，猪、鸭等家禽也会到坑边饮水或到水里嬉戏。我们的"吃水坑"还曾淹死过猪狗。夏天天气炎热，晚上睡不着觉时，偶尔也会有极个别的知青趁着夜色偷偷到"吃水坑"里游泳，被人称作在自己家的水缸里洗澡。由于盘锦处于九河下梢，地势相对低洼，进入汛期，大涝雨如果连下几天，路就会被淹没，到处都是水，厕所、猪圈这些地方就会与坑水连成了一片汪洋……即使这样，"吃水坑"里的水也得喝，水是生命之源，没有水你就无法生存。慢慢地知青们也就适应了这种极不卫生的生存环境。

刚下乡时，一些平时注意卫生的新知青拒绝喝生水，坚持把坑水烧开了喝，但那时的条件几乎不允许你如此"讲究"。特别是夏天干活时，骄阳似火，田间无遮无拦，一丝风也没有，汗水顺着脸颊、脖颈、脊背奔流而下，嗓子眼干渴冒烟。于是，人们直奔上水线而去，趴在水渠边，用手拨开水面的绿苔或浮沫，捧起还跳跃着鱼虫的渠水，"咕咚咕咚"一饮而尽。若在平时，人们死活也不能喝这样的水，但生存本能在这一刻战胜了一切，能解渴就行。相对而言，上水线的水是上游水库的来水，还是比较干净的。下水线的水是绝对不能喝的，那是从稻田里排出来的水，经过稻田的浸泡，里面含有化肥和农药。

围绕青年点"吃水坑"发生的故事，至今还常常被知青们提起。

我刚下乡的时候，知青们还住在姜家村的土坯房里，那时知青和当地农民共用一个"吃水坑"。"吃水坑"从岸边向大坑的中心探出一座半截的木板桥，知青平时就从桥上打水。我挑水最初是先在水坑边放下扁担，打满一桶提到坑边，然后打满另一桶再挑走，时间长了，各种动作也熟练了，就直接挑着水桶来到桥上不用放下扁担和水桶，分别用两只手拧着两个水桶梁往水里一撇一按一提，起身就走。冬天的时候，"吃水坑"上结了冰，还要在冰上凿个冰窟窿打水。从我那届开始，村子里一下子多了四十多个知青，用水量增加了许多。入冬不长时间，"吃水坑"里的水就用尽了。

当时在食堂工作的我还没觉得有什么大不了的，坑里没水那就化冰。到坑里凿冰，挑回来倒进大锅里化，但耗时费力，挑好几挑冰，也化不了一锅水。有人提出，既然化冰太费事，那就跟部队联系，到部队农场的"吃水坑"去挑水。部队农场的"吃水坑"就在道西，离青年点大约有一千米左右，来回得半个小时。食堂的几个人，轮番挑水，食堂盛水的大缸总是满满的。由于天天挑水，我学会了担着扁担不用手扶着就能换肩。

水是从很远的地方挑来的，所以食堂的水显得很金贵。但有时也被人偷。有一天食堂做饭，饭做得了，做汤时水不够用了。我问炊事员怎么回事，一个炊事员告诉我，刚才有个女知青到食堂的水缸里舀水，可能是在寝室洗头。怎么办，再去挑水肯定来不及了。我说，那就少做点汤，多加点盐，只能让大家凑合吃一顿了。我告诫炊事员，下回做饭时一定要看好水缸，饭做好前谁也不能到食堂来打水。

后来，沈阳北站决定为青年点建新房子。新青年点的点址选在队里场院，靠近薄家村的地方。修建青年点时，队里决定把青年点后面的一个水塘作为"吃水坑"，同时把水塘边当年日本开拓团已经废弃的水井修理一下。

冬季，队里派了几个知青，用水泵把水塘里的水抽了出来，对塘底进行清淤。然后，修理水塘底部连通水井的水管，在水管里一边填满粗沙粒，中间填木炭，另一边是细沙粒。井修好了，但很多人不喜欢用，觉得从井里打水不方便，还是习惯于直接在坑边打水。

在盘锦长期喝坑水和渠里的水，一些知青拉肚子是免不了的，一些人由此患上了慢性肠炎。但即使这样知青们也照样坚持出工劳动，并不觉得这种病是多么了不得的事。在盘锦生活过的知青永远也不会忘记在那里喝过的"喝到嘴里直蹦跶"的水。

第二章 艰苦生活

盘锦知青的"三件宝"

　　盘锦知青有三件宝：水靴、筒锹、破棉袄。之所以称作宝，是因为在盘锦这三样东西是知青的稀罕物，知青和它们结下的情缘刻骨铭心，因此它们也最能见证盘锦知青的生活历程。

　　第一件宝是水靴。这是水田劳动的必备品。一厚一薄，薄的也叫水田靴，知青们一样一双。穿水靴如何在泥水里走也要学习，因为这里的土黏，在泥水里走靴底常常会被粘住，稍不留意腿脚就会从靴子里拔出来，人失去平衡。这时需要你用脚向下用力拧一下再走。

　　春天，我们先是穿着厚靴，一边在泥水里搭埝叠坝，平整水田，一边开始在育苗地做育苗床。然后穿上薄靴将在暖房里催出芽的稻种均匀地撒向苗床，再覆盖上一层黑土，插上龙骨架，扣上塑料薄膜。大约一个月后，育苗床就能长出绿油油的秧苗。从五月中下旬开始，知青们又穿上薄靴开始插秧。插秧是水田中最累、最苦而且不能耽误农时的活儿。通常是，男知青负责从育苗床起苗，再用扁担把秧苗担到田边并抛到田里；女知青两人"一盘架"，弯腰把秧苗栽到水田里。插秧大约要历时半个月，知青们早出晚归，劳动强度几乎达到极限。插秧结束，紧接着还要穿着薄靴在水田里挠秧、拔草、为秧苗施肥，直到水稻扬花、孕穗、封垄。秋天，待水田的水放净后，知青们再穿上薄靴，挥镰收割，稻子经过晾晒，进了场院，经过脱粒、扬场、装袋、送公粮，一年的农活才算结束。在农闲时间，知青们也不能闲着，要穿着厚靴搞农田基本建设。

总之，除了冰天雪地，我们干活总是离不开水靴。因为春天水田里水还带着冰碴，冰冷刺骨，不穿水靴人根本就受不了。不只是抵御风寒，平时穿水靴还可以防蚂蟥、防水稻皮炎、防脚被苇茬扎伤。对于穿水靴，大家最担心的是干活时灌进泥水，知青们把这称作"灌篓"。水靴一旦"灌篓"，双脚就会在湿漉漉的泥水中泡上半天，十分不爽。收工后知青们会迅速甩掉水靴，让双脚赶紧透透气，这是最惬意的时候。知青们收工后，青年点房子的窗台上会摆放着一排排翻晒的水靴，白色的靴里子被翻卷过来，散发着阵阵臭脚丫味。由于一年大部分时间都穿着水靴，脚被捂在密不透风的水靴里，从此我就与"脚气"结下了不解之缘，严重的时候发生感染，几天下不了地。现在脚气病每年春夏之交总会复发，这是盘锦大地留给我的生命印记。

第二件宝是筒锹。这种锹锹头直板呈筒状，有点像盗墓小说中的洛阳铲，是盘锦特有的劳动工具。因为盘锦是退海平原，土里没有石块，而且土质很黏，土里长满了芦苇的根须，不用这种锹土方活根本就玩不转。用这种锹，首先要保证锹刃锋利，知青下乡后学的第一样东西就是磨筒锹，因为锹刃不快很难把土里的苇根切断。

使用的时候，不能用脚踩着助力，你得先在地上切出一个小口，然后依靠臂力，靠一股冲劲，猛地下戳，一锹下去可以挖出一尺多长的块状泥土，再依靠腰腿的力量把泥土甩到沟外，泥土沿着一条抛物线飞出，掷地有声，而且锹上一点泥土也不沾。春夏秋冬知青们有很长时间要参加农田基本建设，清淤、修渠、叠坝、整地，几乎所有的土方活儿都离不开筒锹。清淤、修渠的时候，队长或者作业组长会用锹杠丈量距离，给知青们分活儿。"歇气儿"的时候，锹杠一横架在渠上就可以休息……年复一年，知青们舞动着筒锹，无论是头顶烈日还是身披寒风，挥洒着汗水，重复着单调的动作，将脚下的土方变成了一道道沟渠和堰坝，筑成了遍布盘锦大地的农田水利设施，这些水利设施至今还在盘锦的农业生产中发挥着作用。

　　锹好，就意味着活儿好，有一把好的筒锹是一个成手的象征。所以，知青尤其是男知青平时总要把自己的筒锹锹刃磨了又磨，锹杠撸得溜光，锹头磨得铮亮。干完活儿后，要马上把筒锹洗擦干净。如果暂时不用，有的知青就用旧布把筒锹的锹头包上，插到房梁上，爱惜自己的筒锹就像战士爱惜自己的武器一样。对男知青来说，筒锹是三宝中的"宝中之宝"。

　　第三件宝是破棉袄。盘锦早晚凉，昼夜的温差大，而且刮风的时候多。当地人说，盘锦一年刮两次风，从冬刮到春，从春刮到冬。因此，一件厚实的棉袄冬天可御寒，春秋能挡风。但不管你的棉袄有多好，用不了多久都会变成伤痕累累的"破棉袄"。我的棉袄是下乡时我父亲送给我的铁路棉冬装，不到一冬就连磨带刮，露出了棉絮，开始还用医用胶布粘贴一下，后来棉衣破得贴不过来了就索性不贴，简直破败不堪。破棉袄的可贵之处就在于一个"破"字，田埂上、草垛边、场院里随便倚靠，用起来十分方便，冷了穿上，没有纽扣就随便找个草绳扎在腰间，热了脱下随便扔到一边，休息时把它铺在地上随时就能睡上一觉。穿的时候拿起来抖抖上面的碎土块穿上就走，一年四季不用洗不用刷，没人嫌弃它的破和脏，反倒是新棉袄舍不得这样用。

"破棉袄"是知青的"行头"，更是知青的标志。在春秋冬知青们大都如此着装，没有谁觉得寒酸。那时候，无论在城镇还是乡村，只要看到脸膛黝黑，手脚粗粝，学生模样又穿着"破棉袄"的年轻人，不用问，肯定是知青。那时我走到哪儿"破棉袄"就带到哪儿，特别是坐火车的时候，有时甚至连验票的乘务员都懒得理你。

1978年9月我已经参加完当年的高考，正怀着忐忑不安的心情焦急地等待结果。一天下午，我在队里的下水线清淤，一个知青跑来，连招呼都不打，兴奋地抢我的筒锹，说这个给我了。我说，这是正宗的牛庄铁锹，锹杠还是色木的。他说，你用不着了，刚才农场的有线广播通知，让你现在就去场部取大学录取通知书。从场部回到青年点，我的水靴、破棉袄也早已被人瓜分殆尽。曾经伴随我一千多个日日夜夜、值得我一生珍藏的"三件宝"就这样离我而去。

如今，四十多年过去了，盘锦知青的"三件宝"静静地躺在盘锦知青总部（纪念馆）的橱窗里，向游人述说着盘锦大地曾经发生过的青春故事。

第二章 艰苦生活

盘锦知青的另外两件宝

盘锦知青的"三件宝"在青年点还有另外一个版本：蚊帐、羹匙、破棉袄。

如果你问当年在盘锦生活过的人，印象最深刻的是什么，他会首先答饮用水，其次呢，那就是蚊帐。

盘锦的苇塘连片，沟渠纵横，是蚊子天然的滋生地，所以蚊子多得出奇，个头也大，有的知青开玩笑地说，几个蚊子足可以炒一盘菜。一到晚上蚊子会铺天盖地向你扑来。那时还没有蚊香和驱蚊器，必须在炕上吊起个蚊帐，蚊帐周围的蚊子嗡嗡作响，知青们把它戏称为越南战争中的美军"轰炸机"。每天睡觉前将蚊帐又压又掖，可睡觉时稍有不慎踢开蚊帐，露出缝隙，蚊子就会钻进来。如果人被蚊子叮咬会奇痒难耐，根本无法入睡。晚上上厕所解手也是件很可怕的事，在厕所里你刚一脱下裤子蹲下，周边的蚊子就会呼地一下叮上来，即使你一只手在脸上划拉，另一只手在屁股下划拉，那也不管用，因为脸和屁股暴露在外的面积大，很难护卫，等你拉完了屎，脸上、屁股上早已被叮了好多的大包。据说，当地的老乡在解手前，常会在上风头将一把干稻草点着，再用青草盖上，人蹲在烟雾中，以此躲避蚊子的攻击。

盘锦的蚊子多到什么程度？知青们不无夸张地说，那蚊子多得只要你随手一抓就能抓住几个，晚上不穿长袖衣服，只要用手往胳膊上一撸，肯定会弄死几个。所以，夏天不管天气有多热，知青晚上都得穿长衣长裤，以免暴露在外的胳膊和大腿被蚊子叮咬。盘锦的蚊子实在厉害，有时还会隔着衣服叮咬你。

晚上开会，知青们的两只手没有一个是闲着的，不是用手扇着眼前的蚊子就是在拍打落在自己身上的蚊子，手拍蚊子声"噼里啪啦"不绝于耳。有一次开会，队长讲完后，说下面请大家自由发言，在场的知青谁也不想发言，都像闷葫芦似的闷着。这时，一个知青举起了手。队长说你就说吧，大家"唰"地一下把目光都投向了他。这个知青平时就不爱说话，即使说起话来也蔫声蔫语。见大家都看他，满脸憋得通红，站起来磕磕巴巴地说，不，不是我想发言，是我，举手想打蚊子，令知青们捧腹大笑。

如果你被蚊子咬着了，就会不由自主地用手抓挠，直到被咬的地方抓破了或者挤出血来才能止痒，但这些地方如果接触到水田里的水就会感染。每年夏天我都伤痕累累，身上千疮百孔。有的知青属于过敏性体质，蚊子一咬皮肤就是成片的红包，最后红包变成水泡，发生溃烂。其实人最怕蚊子叮咬的部位还是耳朵、鼻子、眼皮和嘴唇，可能这些地方毛细血管丰富，被叮咬后会肿起包，奇痒。

再说羹匙。说羹匙是"宝",似乎有点好笑,但这确确实实是当年知青每天都离不开的宝贝。

盘锦的盐碱地不适合种蔬菜,由于菜少,青年点的食堂平时只好做汤。打饭时,一些人喜欢先盛饭,然后把汤浇到饭上,用汤泡着饭吃。汤泡饭,用羹匙吃当然是最方便的了。

刚到青年点时,每人都有自己的饭盒或饭盆,但时间一长,人多手杂,有的餐具很快就不知去向。有的同寝室的知青,就找两个脸盆,一个当饭盆,一个当汤盆,派一个人把几个人的饭菜统统打在一起伙着吃。饭和汤打来了,就在炕上,搬个箱子当炕桌,几个人围着,拿出各自的羹匙,用衣角擦擦就开吃。吃饭的人绝对是头不抬眼不睁地狼吞虎咽,因为稍微慢一点就可能还没吃饱饭就叫别人吃光了。

我那时也有一个羹匙,在羹匙把儿的顶端钻个眼儿,穿在钥匙链的环上,随身携带,用起来十分方便。一次,我代表队里参加农场召开的三级干部会,坐在会场里根本就不注意台上的人讲些什么,一心想着什么时候开饭。当时流行的说法是"八点开会九点到,十点开始换饭票,十一点一过就开始'造'(吃)"。中午开饭了,饭桌上有一盘炸花生米,用筷子夹一次只能夹一粒,于是我就拿出自己的羹匙来舀,至于自己是怎样的吃相、周边的人怎么看,根本顾及不到,那顿饭我比别人多吃了不少花生米。

知青出工到外边搞水利工程,要自己办伙。饭和汤做好了,知青自己盛饭、盛汤。这时羹匙用不上了,只看你用勺子的功夫。大家总结的经验是"勺子沉底,轻捞慢起",只有这样,才能在盛汤时给自己多捞一点菜叶吃。

　　长期吃汤泡饭,不便于人的咀嚼,更不利于消化,一些知青由此患上了慢性胃炎。这或许是"无知的知青"为当年的不良习惯付出的代价吧。

回忆知青挠秧除草

大约是六月中下旬，插秧会战刚刚结束，随着最初插下的秧苗的返青和生长，水田里的杂草也长出来了。知青们还未得以喘息，水田挠秧除草就开始了。

挠秧除草是水稻田间管理的一部分，需要进行三遍。第一遍以挠秧为主。知青们穿着水田靴一字排开，每人把三条垄，齐头并进，一株株苗要挠到，一棵棵草要拔掉。挠秧如同旱田给农作物松土，要两腿岔在垄两边，把秧苗的根部挠开，这样有利于秧苗的分蘖。知青们一个个哈腰埋头屁股翘得老高，双手的十指像二尺钩一样在泥沙里刨着，手指甲很快就被磨秃了，手指肚也磨掉了一层皮，露出红红的肉来，甚至还渗着鲜血，碰到水就钻心地疼。但由于是大帮干活，谁也不甘心被落在后头，只好忍着疼痛，一气干到地头。当时，也有个别知青看似干得异常"麻利"，两只手紧着在泥水里搅动，噌噌几步就蹿到了前头，其实根本就没挠秧，水被搅浑了，别人还真看不出。如果一旦被队长发现了，还得重新返工。

晚上，回到青年点，知青们手端碗都疼，很多人吃过晚饭顾不上洗漱就匆匆入睡。进入了七月，气温在逐步升高，知青们挠秧拔草时，下边稻田里的水蒸着，背上热辣辣的太阳晒着，一会儿工夫，头上的汗就连成线似的往水里滴答。更让人难以忍受的是，有一种比蚊子还小的蠓虫开始肆虐起来，成群围在你周围，伺机咬你，特别是在你眼前翻飞，一会儿额头就一片红包，用手驱赶吧，手还得挠秧拔草，根本就腾不出来，弄不好，连泥带水弄一个大花脸。

大约一个月后挠秧基本结束，第二遍除草又开始了。第二遍除草以拔草为主，这时稻苗已经长到有一尺高了。知青们拔草时两只手在一撮一撮的稻苗空隙里穿行，两只脚在两条垄沟里，伴随着两只手一步一步地蹚行着。阳光直射，水面泛着白光，晃得干活的人睁不开眼，甚至分辨不出秧苗和杂草。好在知青们在水田里摸爬滚打的时间长了，稻苗和杂草凭手感就能分辨出来。连续多日在水田里拔草，枯燥极了，为了打发时间，有的人就古往今来、海阔天空地边干边聊，心情好的还会亮开嗓子给大家唱上一曲，激起阵阵喝彩声。第二遍拔草开始不久，一些人明显感到小腿和胳膊的皮肤出现瘙痒，晚上痒得难以入睡。第二天还得下田去，许多人得了水稻皮炎，皮肤溃烂得直流黄水，只好收工后把患处洗净，再搽上药，慢慢就会痊愈。但哪里忍得住，睡觉时还是把它挠破了，这样溃烂反复发作，苦不堪言。

在水稻封垄前还要除第三遍草。这时的水田里杂草疯长，密布在田间，甚至难以分辨哪是稻苗哪是杂草。我们队通常使用除草器除草，一台手扶拖拉机拖着十台除草器，由十个知青把扶。由于操纵这种机器需要力量和速度，一般都是男劳力承担，手扶拖拉机在前"突突"地走着，操纵除草器的男知青蹚着水"哗啦哗啦"跟着，机器所过之处杂草很快就被翻到了泥里，水田间仿佛露出了一条条水道，除草的人身上也溅满了泥水。于是除草的知青索性脱去了衣裤，穿着裤头裸露着身体操纵除草器除草，半天下来，一个个都成了泥猴。

有一年在除第三遍草的时候，我还遭遇过一次不大不小的事故。记得那次，我操纵的除草器前轮被杂草缠绕得不能转动，我向前边的驾驶员打了招呼，拖拉机很快就停了下来，正在我清理缠绕的杂草时，突然拖拉机向前动了一下，除草器重重地碾上了我的左脚脚面，顿时鲜血染红了水面。搬开了除草器，我在上水线用清水洗了洗脚，发现只有些皮肉之伤，活动活动脚掌和脚趾，并无大碍，于是又接着干了起来，以致左脚红肿疼痛了很长时间。多少年后，如果走路时间久了或者阴天下雨，我的左脚还会有隐隐的疼痛，或许这就是当年除草留给我的纪念吧？

远逝的青春岁月

我参加的抗洪护堤

　　记得那是1976年的夏天，辽宁西部地区突降历史上罕见的特大暴雨，暴雨连续下了好几天，造成了洪涝灾害，别说是庄稼，就连许多村子都是汪洋一片。队里接到通知，要求立即组织人员赶赴双台河大坝参加防洪护堤。当时正是农闲时节，大部分知青都已放假回家，青年点只有几个留守人员，队里决定让我和另外三个知青承担这项任务。由于时间紧，来不及做更多的准备，第二天一早，我们每人带了一把筒锹和从代销点买的一箱饼干，坐着农场派来的汽车匆匆忙忙赶往工地。

　　到了工地，只见辽河河水汹涌澎湃，不时有连根拔起的大树、家具和淹死的牲畜从上游漂来。大堤上站满了护堤的民工，其中一些地段还有劳改农场的劳改犯在解放军战士的看押下等待分派任务，所有人都茫然地望着滔滔洪水。先是防洪指挥部的人员把任务分到各农场，之后是逐级分派。我们几个人分到了大约有十几米长的一段大堤，需要用一天的时间加高、加固。当天晚上，我们在工

第二章 艰苦生活

地附近用塑料布搭起了一个窝棚，里边垫了些稻草，作为临时住处，一个知青还在窝棚旁边挖了一个很深的坑，坑里渗出的水作为我们的饮用水。晚上，别的队埋锅造饭，不时有阵阵饭菜的香味飘来，而我们几个人却捧着那箱饼干吃，然后就在窝棚里的稻草上合衣而睡。后来发现，饼干作为主食吃一顿还可以，第二顿就会让人感到油腻，再吃就会让人恶心。

第二天早上，我们开始从坡下取土，用筒锹把土甩到堤上，修建一个2米宽、1米高的堤坝。这个任务就土方量来说，对我们并不算难，问题是我们出现了严重减员。由于前一天晚上，我们喝的是汛期早已被污染的地表水，我和另一个知青开始拉肚子。平时，这种病我们基本不吃药，挺挺就过去了。可这回不一样，两个人几乎是连拉带吐，根本就干不动活儿，最后连站着都打晃，只好躺在了大堤上。眼看着活儿已经落在了其他队的后面，几个人心里都十分焦急。

这时，洪峰仍在汹涌而下，河里的水上涨速度加快，水位不断提高，在我们守的那个河段水很快就要漫上大堤了，接着很可能就是洪水漫堤，如果洪水漫堤，溃堤就是难免的了。洪水随时都有冲毁大堤的危险，护堤的民工被一片恐惧气氛笼罩着，人们不知如何是好。这时，防洪指挥部下达紧急通知，要求护堤的民工立即撤下来，改由部队战士护堤以确保河堤安全，同时油田采油场也开来了大型挖掘机、推土机，协助部队加固河堤。

从河堤上撤下后，我们几个人就像难民一样，夹杂在大队的民

51

工之中，饿了，吃的饼干已经揉搓碎了，还有一股哈喇味，难以下咽；渴了，没有饮用水，坑里的水是绝对不敢喝了。我们几个人饥渴难耐，一个刚下乡的新知青发着牢骚。回青年点，没有任何车辆，跟队里也联系不上。大家的情绪都降到了极点，在前不着村后不着店的路上漫无目的地走着，而且越走越慢。那个新知青又开始发牢骚，难道我们就这样风餐露宿爬到家吗？我强打精神对他说，别急，活人还能让尿憋死，先解决吃饭问题再说。我带着三个人直奔附近的一个村子，进村后找到生产队长，说明了情况。生产队长对我们十分热情，立即找人给我们几个人做了饭，还炖了一大锅菜。饭后，那个队长让人套车把我们送回了青年点。

抗洪护堤的任务结束了，但该总结的东西太多了。我们的准备严重不足，没有带米和菜，缺乏必要的卫生防疫知识，没有带基本的药物，连最简单的交通工具也没有，以致发生了那么多问题，如果不是后来部队战士把我们换下来奋力抢险，恐怕我们完不成护堤的任务。好长时间我都在反思这个问题。

不久，农场对这次抗洪护堤进行总结，我受到了通报表彰。那个参加护堤、发牢骚的新知青对此很有意见，认为我从中做了手脚，欺上瞒下，甚至是欺世盗名。我也感到自己很冤枉，可能是这次护堤是由我带队或者是农场和大队的领导只认识我的缘故吧，所以才确定表彰我，但是如果事先征求我的意见，我是决不会同意这样做的。

知青打狗

盘锦曾是鱼米之乡。据六八届的老知青讲,他们刚下乡的时候,盘锦的苇塘甚至沟渠里都有鱼有虾有蟹,夏秋时节知青在劳动之余常摸鱼、捞虾、捉蟹,调剂自己的伙食。到我们下乡时,由于水田多年使用化肥、农药,苇塘和沟渠已经很少能见到鱼虾和螃蟹了。知青平时吃不到肉,肚子里没有油水,有时有些男知青实在熬不住了,就琢磨着打狗来调剂自己的伙食。

一天,知青们看见一条黄狗进了青年点的院子觅食,仿佛看到了放在眼前的一块肥肉,哈喇子流出了二里地。有人一边叫人到食堂找吃的,一边去找绳子。一个知青喂狗,几个知青把绳子搭在门框上,一端做个活套,悬在门口,另一端由躲在门后的人拽着。喂狗的知青把狗引到绳套边时,乘其不备,把活套套在了狗脖子上。黄狗惊慌逃窜,这时狗脖子上的活套一下子被拉紧了,躲在门后的人用力一拽,把黄狗吊了起来。喂狗的知青提来一桶水,拿着盛饭的勺子,舀上水,对准狗嘴,一勺一勺地往里倒,刚才还四个爪子乱抓乱蹬的黄狗很快就被呛死了。确认狗已经死了，知青们把狗挂在房梁下的钩子上，一个知青找来剃胡须的刀开始剥狗皮，狗的头、爪子、尾巴等部位处理完后，又用双手使劲拉狗皮，一会儿就把狗皮完整地扒了下来。那天晚上，知青们兴奋极了，烧水炖肉。只可惜人多肉少，做好的狗肉，不一会儿就只剩狗皮和狗骨头了。几天后，狗主人——邻村的一个老乡找来了。据说，当时打狗的知青告诉他，你家的狗到青年点偷东西吃，被人给打死吃肉了。狗主人没说什么，只是把狗皮带走了。

还有一年，一个知青从外村要来一条狗，准备带回家去。我记得当时正是夏季，青年点只有几个留守的人。他和两个知青开着队里的手扶拖拉机拉着狗到外村去玩，回来时招来了一只公狗。还像上回那样，一个人喂狗，把狗引到门口，其他人事先做好绳套，等着公狗上套。但不管喂狗的人怎样用食物引诱，那狗警惕性极高，就是不靠近绳套，把埋伏在门后拽绳的人急得抓耳挠腮。一会儿，拽绳的人把绳套放到了地上，喂狗的知青在门口放了些吃的就退进了屋里，知青们全都屏住呼吸不动声色地等着，公狗禁不住食物的诱惑，向屋内张望了几眼，又冲着屋内叫了几声，便不顾一切地扑过来，吞食地上的食物。拽绳的人抓狗心切，没到时机就使劲拉绳子，结果绳套只套住了狗腿，公狗拼命挣扎，乱咬乱叫。一个知青拿着毯子蒙在了狗头上，其他人用铁锹、镐把一顿猛打。狗乱窜着，一声声惨叫，很快就从喉咙里发出了呜呜声。这一次由于人少，几个知青不仅吃了炖狗肉，啃了狗骨头，还用狗肉炒了菜。

　　从那以后在青年点很少再看见狗，不知是附近青年点的知青都在打狗把狗打光了，还是因为知青打狗让周边养狗的老乡再也不敢把自家的狗放出来了。

偷鹅风波和光腚偷菜

在一些知青的回忆文章中，许多人提到了知青当年的"偷鸡摸狗"，但我敢说这绝不是普遍现象。现在知青们之所以津津乐道于当年的"偷鸡摸狗"，是因为它刺激，它曾为知青单调、枯燥的生活增添了"色彩"和"乐趣"，绝无知青在农村赚了个"偷鸡摸狗"的骂名一说。

我在下乡期间，除了经历过两次杀狗之外，还经历过知青偷鹅和偷菜，至今记忆犹新。

在当年的盘锦知青中盛行串门，"雨休"时或者农闲时，身处不同青年点的同学之间喜欢相互走动：你到别的青年点，同学朋友一定会热情招待你；他们来了，你也得投桃报李，想方设法地款待人家，否则就是失礼。如果碰上没有好东西可招待，又死要面子，就容易铤而走险。

我们青年点有一个知青平时喜欢交际，为人也挺讲究。一次，他的几个同学到青年点来玩，无奈食堂拿不出一点能招待客人的东西,而知青中谁也没有压箱底的存货。可能是受强烈的自尊心驱使,这位老兄把同学领到了场院的窝棚,对客人说你们在这儿等我,我一会儿就回来。他跑到场院边的水塘旁,抓回了一只大白鹅,和同学就在场院的窝棚里炖了一锅鹅肉吃。

不料,偷鹅之事很快就东窗事发。据说,丢鹅的老乡发现了散落在地上的鹅毛,循着踪迹找到了青年点的场院,然后又故意从场院的窝棚走过,嗅到了煮鹅的香味。丢鹅的老乡马上叫来了本队的干部,对场院的窝棚突然袭击,结果人赃俱获,抓了偷鹅知青的现行。

为此,这个知青不仅向丢鹅的老乡赔礼道歉,还赔偿了丢鹅老乡的经济损失。丢鹅的老乡不依不饶,还要上告大队,要求大队对偷鹅知青进行严肃处理。知青偷老乡的东西,这在当地是一件很严重的事件,大队知道了,很可能要组织对他的批斗,弄不好还会把他扭送农场的保卫组去,后果不堪设想。最后还是进点的老农队长找到丢鹅的老乡,说和了好长时间:该赔的礼赔了,该补偿的损失补偿了,杀人不过头点地,把小青年处理了对你也没什么好处。再说,毛主席把知青送到农村,是来接受贫下中农再教育的,知青犯了错误,我们脸上也无光啊。道理讲了一大堆,后来丢鹅的老乡表示不再追究,这场偷鹅风波最终得以平息。

我还经历过一次知青集体的铤而走险。

那一年,队里的知青出工到总干修筑大坝。每天十几个小时的劳作让知青疲惫不堪,而一日三餐的菜汤也让知青们苦不堪言。没菜吃，一天两天还可以，时间长了谁也受不了。实在熬不住了，知青们就闹炊事员，要求改善一下伙食。炊事员面有难色，没肉、没菜，怎么改善伙食？不知是谁出了主意，河对岸有块菜地，不如咱们去弄点菜去。

"偷菜？那行吗？偷老乡的菜那不是……"一个刚下乡的知青犹豫起来。

没等他说完，另一个知青就打断了他："我们根本就不是偷，是拿。我们这没菜吃，身体都累垮了，贫下中农如果看见了能不管我们吗，说不定还会主动送给我们菜。"

说话的知青严肃认真，然后还扮了个鬼脸，引得周边的知青"嗤嗤"地笑了起来。

中午，干活的人都回去吃饭了，工地空无一人。几个知青偷偷溜出住地，在总干边脱去衣裤，有的人干脆就脱去了短裤，游到了对岸。对大多数知青来说，这还是有生以来第一次干这种"偷偷摸摸"的勾当，虽说是无奈之举，但仍然感到心在怦怦直跳。上岸后，大家匍匐前进，相互间不时提醒、告诫着，动作要快，动静要小。

到了菜地，用不着分工，摘茄子的、摘辣椒的、抠土豆的都极其麻利，一会儿就装了满满一袋子。尽管知青们做得十分隐蔽，但还是被看菜地的人发现了，大喊："谁？干什么的！"让人心惊肉跳。

据后来分析，知青们一个个都浑身黑不溜秋不容易被发现，只

第二章 艰苦生活

有一个人皮肤白得像精粉做的馒头，一定是他暴露了目标。趴在地上的知青谁也不敢吱声，有人推一个大块头的知青小斌子：你出去。磨蹭了半天，这个知青还是站了起来："瞎吵吵啥，没看见我在拉屎吗？"这个知青长得膀大腰圆，远远望去显得威武彪悍，可能是看着他的样子，看菜地的竟然没敢过来。

菜弄回来了，炊事员给大家炖土豆、烀茄子、炒辣椒，让知青们美美地吃了几顿。

对出工时的偷菜一事，知青们都守口如瓶，但后来还是被队里的领导听到了。他批评偷菜的那几个知青：过去我们说光腚抓小偷——精神好影响不好，你们是光腚偷菜——精神不好，影响也不好。批评得不疼不痒，但知青们心里都很清楚，如果不是生活太艰苦，实在熬不住了，谁会去干偷鸡摸狗的事，这种事少做为好，最好是不做。

公允地说，知青偶尔偷老乡，老乡也偶尔偷知青。我们青年点周边的老农队比青年队的地好，分值也明显高于青年队，几乎家家都搞点编织草袋子、搓草绳子的副业，生活虽然艰苦但不至于食不果腹、衣不遮体，但一些老乡还是对我们这些从城里来的人的物件看在眼里，撩拨在心。我就曾听常到老乡家串门的知青讲，在某某家看到了知青的饭盒、脸盆以及床单、枕巾等物件。现在想来，这些事谁也怪不着，要怪就怪那个时代的物质匮乏吧。

死猪肉与"糖醋排骨"

经历过艰苦生活的人对吃的记忆最为深刻,因为它刻骨铭心,因为人的胃也有记忆。

盘锦生活艰苦,知青肚子里没有油水,常常是几个月不识肉滋味。我刚下乡时青年点养了两头猪,到年底放假前杀猪,给大家改善一下伙食。从我们那届开始,青年点的人多了,养的猪也渐渐多了起来。从这时开始,青年点不光在年底杀猪,每年插秧和秋收大会战前也能杀一次猪,改善伙食。但平时还是不行,食堂总是清汤寡水的。知青们每天那么大的体力付出,自身就得有一定量的蛋白质补充,来平衡身体生长的需要。知青们"胃亏肉",渴望吃肉,垂涎欲滴,即使是死猪肉,在知青眼里也是好东西,吃起来毫无顾忌。

整个下乡期间,我吃过多次死猪肉。

一次,青年点的老母猪病了,负责喂猪的女知青小祝急如星火,忙着为老母猪求医问药。我记得,那些天她惴惴不安地守着生病的老母猪，给老母猪灌完药后，还把自己的棉大衣脱下来盖在猪身上。当时队里发生了很多大事，大多数人根本不怎么关心，他们最关心的是老母猪的死期。

后来老母猪终于一命呜呼，小祝伤心不已，但大多数知青却欢欣鼓舞。由于多日的疾病折磨和不进食，老母猪已经瘦得只剩下皮包骨了，知青们七手八脚忙着收拾。那天，大队革委会的一个副主任正在队里蹲点，知青们说："老领导晚上别走了，和大家一起吃肉吧。"

老领导说："我不吃，你们最好也别吃，如果是瘟猪是会引起痨病的。"

"肯定不是瘟猪。"

"不是瘟猪也不能吃，病死的猪有病菌。"

一个知青说："我们最不怕的就是病菌，对于我们知青来说啥病菌都不好使。"

什么瘟猪、病菌，几个月见不到荤腥的知青哪还顾得了这些，有肉总比没有强。病猪的血液和内脏是绝对不能吃的，被收拾猪的知青恋恋不舍地扔掉了，剩下的只是那么薄薄的一层分不出皮和肉的东西，颜色也不好看。放到锅里煮，没有肉香味，也不容易煮烂。吃到嘴里有些腥气，而且非常"懈口"，一点也不解馋。

吃死猪肉，我记忆最深的还是那次吃"糖醋排骨"。

那年冬天，知青们在外参加县里的水利工程建设。一天下午，我刚从工地回到驻地，准备给工地广播站写稿。负责办伙食的知青神秘兮兮地来找我商量："听说堡子里有一家老农的猪死了，咱们去弄点肉怎样？"

我说："别是瘟猪，那可不是闹着玩的。听别人讲，假如吃了瘟猪肉，人就会得囊虫病，猪绦虫的幼虫在人体二十年以后还会复发，猪绦虫在人身上会顺着血管到处游动，到了人的大脑、心脏无药可治……"

"没事，有没有瘟我会看，绝不要瘟猪肉。"

"那买猪肉没有钱呀。"

"不用钱，我拿大米去换。"

说完他就背着小半袋大米出去了，回来时不仅拿着一大块猪肉，还带回一块排骨以及从代销点买的糖和醋。

看我不解的样子，他说："今天我给你露一手，做糖醋排骨。"

糖醋排骨？别说吃了，这个菜名我听都没听过。

那个知青说："前几天我做了个梦，梦见我妈给我做了一大碗糖醋排骨，还没等吃呢，就醒了……今天正好碰上有排骨，咱俩先解解馋。"

他先是把排骨拆解成小块，煮熟后上糖色、加醋，我在一旁烧火帮忙。一大碗色香味俱佳的糖醋排骨做得了，我们俩就蹲在灶台边吃。开始我还吃得小心翼翼，很快就甩开了腮帮子大口咀嚼起来，最初的那些顾忌早已抛到脑后，边吃边不住称赞办伙食的知青"做得真好，做得真好"。办伙食的知青更是吃得满脸放光，细眯着眼睛咧着嘴，不无得意地说："怎么样，我说没事就没事吧。"三下五除二，一会儿我俩就把糖醋排骨装进肚子里了。

吃完糖醋排骨后，我们马上给工地的知青做饭做菜，由于晚饭有炖肉，吃饭时知青们都向我们投来了感激的目光，至于是不是死猪肉没人在乎。但我心里想，别感激，应该是我们说对不起，因为最好吃的早就被我们给吃了。

到部队"混吃喝"

知青平时吃不到油水，肚子空得厉害。如果能赶上"开荤"，那真是一种莫大的幸福。有两件小事，我至今还难忘怀。一是有一次我去沈阳北站办事，办完事就在车站的食堂吃饭，饭刚刚吃完，食堂的大厨——一位知青战友的父亲给我送来了一碗油腻腻的肉汤，我不等汤稍凉一些就开始喝了起来，那滋味远胜于如今在豪华酒店吃山珍海味。另一件是，有一次我去盘山看望已经在那儿工作的一位老知青，他请我到饭店吃饭，饭吃完了我特意留了一块馒头，用这块馒头把盘子里残留的一点汤汁吸干蘸净，然后塞到了嘴里。老知青示意我别这样，叫人看见太"掉价"了，我毫不理会，觉得炒菜里的那点油水都在残留的那点儿汤汁里，扔掉了太可惜。

在青年点知青们肚子里空得厉害，所以不放过任何可以给自己"开荤"的机会。秋天，队里的收割刚刚结束，附近的部队农场前来求援：农场的战士有紧急任务已经出发，请求青年队派二十个人

第二章 艰苦生活

帮忙把剩下的三四十亩稻子割完。我们跟部队农场是关系单位，平时互通有无，部队有困难了我们当仁不让，队里决定选二十个手法好的知青去帮助部队收割。

第二天一早，选定去部队的知青穿上水靴，磨好镰刀，准备出发。其他知青发现后就炸了锅，纷纷找队长理论：为什么不让我们去，亲人解放军有困难了，我们去帮忙义不容辞。队长说，用不了那么多人。知青们七嘴八舌，人多好干活，人多有什么不好。队长拗不过大家，那就都去吧。结果，青年点里没被选中的知青，以及炊事员、饲养员、会计、出纳全员出动，连病号都来了，大队人马浩浩荡荡地开进了部队农场。

知青们到了部队农场，部队负责接待的司务长一见来了这么多人，先是吃了一惊，随即又笑了起来，忙吩咐人带着知青到地里去收割。由于人多，知青们干得轻松愉快，一个上午就把剩下的几十亩的水稻收割完了。中午，知青们返回了部队驻地。

部队厨房里鼓风机在嗡嗡作响，弥漫着炖菜的香味。食堂门口摆放着脸盆和毛巾，炊事班的战士请大家洗脸洗手，饥肠辘辘的知青们哪还顾得上洗脸洗手，蜂拥进了食堂。战士给每桌端来三个大盆，一盆热气腾腾的大馒头，一盆猪肉炖粉条，一盆炖菜。知青们急不可耐，一看这饭菜就两眼放光，刚要动手下筷，队长说，大家先别着急，司务长要给大家讲两句。从厨房里走出的司务长先摘下了围裙，敬了军礼，然后清清嗓子，开始讲话。司务长讲话的大意是：部队农场遇到困难，知青来收割，真是帮了部队农场的大忙，他代表农场首长表示衷心感谢。今天的饭菜做得不好，所以不敢说让大家吃好，但请大家一定吃饱。知青们回报以热烈的掌声。有个知青说，解放军就是谦虚，这饭菜还说不好。白面馒头，在青年点从没吃过，猪肉炖粉条一年吃个一两回就不错了。

知青们开吃，一个个狼吞虎咽。一个知青小声说，这回可真的是敞开肚皮吃军粮了，司务长说了管够"造"（吃）。这时司务长走过来看桌上的饭菜够不够，询问大家吃得怎样。一个知青问，司务长，我们吃得是不是有点狼狈不堪？司务长笑着说，我们的战士也这样，大家干了一上午的活肯定是饿坏了。一会儿，我发现食堂吃饭都是清一色的知青，就问身边的队长，那些战士呢，部队的人怎么不吃饭？队长说，午饭他们只多准备了20人的饭菜，结果我们来了四五十口人，饭菜不够了，需要重做，司务长说，没事，一会儿就好，部队的战士下拨吃。

从部队农场归来，知青们兴高采烈，有人说，大馒头真好，我吃了四个，马上有人接茬，四个还值得一提，我们桌平均都五个以上。有人说，不知道部队啥时候还有困难，我一定来帮忙。又有人说，还说呢，十个人的活人家让来二十个，我们一下子来了四五十个，哪是来干活，分明是来混饭吃来了，弄得人家都吃不上饭。听的人一阵笑声。还有人解释说，这就充分体现了"拥军爱民"。这话咋讲？我们帮助部队割稻子不是"拥军"吗，部队用馒头加猪肉炖粉条招待我们，不是"爱民"吗？

后来，青年点几个会打篮球的知青还时不时地到部队农场去和战士们打上一场篮球，让不会打篮球的知青羡慕不已，因为打完球后，部队农场决不会让打球的知青空着肚子回去的，而部队的伙食比青年点的伙食好多了。一些知青不无嫉妒地说，看来，还是有点特长好。

远逝的青春岁月

回忆知青修水利

在我的记忆中,整个下乡期间我们每年都要去修水利,知青们把它叫作"出工"。一年四季,除了春天育苗和插秧之外,知青们在农闲时间几乎都要"出工","出工"的时间视工程量的大小而定,少则十天八天,多则二三十天。地区和县里比较大的工程一般都安排在冬天,给我们的施工任务主要是开河造渠以及加高加固河坝、加深加宽原有的干渠和支渠。

冬天施工,首先要用火药将一米多厚的冻土层崩开,然后开挖冻土下面没有冻的土,我们叫它为"暖土"。在施工之前,都是土法制造火药。看过电影《地雷战》的都知道,火药的传统做法就是一硝二磺三木炭,队里把硝胺化肥在普通大锅里炒化,再把稻壳炒成焦炭状,然后按比例将硝、硫黄、木炭掺到一起,用塑料布包成小包,放入雷管和导火索。施工时,在自己的工段将火药包放入事先挖好的"炮眼"里,根据工程指挥部的号令统一点火。崩完冻土,知青们用锤或镐把冻块打碎搬走,开挖"暖土"。挖出的"暖土"要装到用绳子托底并扎住四脚的草袋子上,由两个人用一条扁担抬,运到坝上去,知青把这叫"大抬"。冬天修水利,知青们往往是天不亮就开始干,一直到天黑看不见。那时候也没有推土机、挖掘机等机械设备,全靠人的锹挖镐刨、人抬肩扛。七十年代的冬天比现在冷得多,知青在零下二十多摄氏度的严寒天气,没有任何御寒措施,一顶破棉帽干起活来经常戴不住,穿着破棉袄,腰间扎着草绳,脚下蹬着水靴,一个个浑身冒着热气。活儿一旦干起来就不能停下,因为一停下已经湿透了的衣服会马上冷却,让你冷得前心贴后心。夏天施工则是另一番景象,知青们是顶着烈日的烘烤,忍受着蚊子的叮咬,在泥泞的沟底挖掘,再将泥土运到坝上。男知青大多是赤裸着身体,后背被太阳晒得脱几层皮。

我看到一些盘锦知青回忆当年修水利的文章,很多人提到:"出工"时没有住处,只好临时搭个窝棚,居住条件极其恶劣。我们则不同,我们当年的老农队长,善交际,认识人多,无论是在哪"出工",他都能事先下手,并凭借个人关系为队里的知青在工地附近"号"到房子。对我们队的知青来说,除了修水利劳动强度大外,还有伙食问题。

虽然累和苦,但知青们都喜欢"出工"。因为修水利尽管属于无偿调拨劳力、财力,但地区或县有一定的粮食补贴,在"出工"期间大米饭可以可劲"造"(吃),能省下自己的饭票。每天中午和晚上收工后,饥肠辘辘的知青们直奔住地的伙房,饭是按总量控制,去晚了、吃慢了就可能吃不饱。时间长了,大家掌握了吃饱饭的诀窍，就是盛第一碗饭的时候不要盛满，先盛个平碗，溜着碗边吃，这样既不怕烫又吃得快，你吃完第一碗别人还没吃完，你就可以满满地盛上第二碗。由于修水利体力消耗过大，加上菜里没有油水，知青们肚子空空的，只能是越吃越多。如果实在熬不住就可能弄出个偷鸡摸狗的勾当。

那时候人的安全意识差，加上管理不善，每次修水利都会出点事故。在我下乡前，工地常有知青在"放炮"时因为"哑炮"或操作不当被火药崩死，后来上级加强了这方面的管理，各种事故明显减少了。我们青年队也曾经在工程结束后，在返回途中由于非驾驶人员操纵手扶拖拉机不当出现翻车事故。一车知青被扣到路边的下水沟里，幸好没有人员伤亡。

据我所知，1968年至1978年大规模的知青运动中，盘锦知青几乎没有没参加过水利工程建设的。知青手上的老茧是修水利磨出来的，许多人的腰肌劳损是修水利时落下的，牺牲的知青有一半是倒在了水利工程建设的工地上。十年，十几万知青用血肉之躯筑就了盘锦大地至今还在农业生产中发挥作用的纵横交错的堤坝沟渠。

《知青风采报》（2011年11月25日）说，1969年冬天，辽宁知青用了一个半月的时间完成了清水河大会战，从此开始了盘锦地区的旱田改水田工程。知青修的水利工程极大促进了盘锦地区粮食生产的稳产、高产。盘锦地区的领导同志对知青讲："现在盘锦的水利工程还得益于盘锦十多万知青的艰苦奋战，没有你们的巨大贡献就没有今天欣欣向荣的新盘锦。"

知青看电影

农村生活极其枯燥单调,知青一年也看不到几场电影。能看上一场电影,算得上是一种莫大的享受。

那时候,地区、县以及部队都有自己的电影放映队,定期到基层去放映露天电影,放映的地点通常是选择生产队的场院、小学的操场或大队部前的空地。放映时在场地的一边临时竖起两个木杆,挂上幕布,在另一边架起放映机,接通电源,然后就等待天黑。放映的片子也大多是一些"文革"期间允许放映的老电影和一些友好国家电影的译制片。当时知青们给自己经常看的电影编了顺口溜:越南电影开枪开炮,朝鲜电影又哭又笑,阿尔巴尼亚电影搂搂抱抱,中国电影新闻简报。所谓新闻简报就是党和国家领导人接见外宾以及反映各地大好形势的即时纪录片。通常在放映故事片之前要放映新闻简报,就像现在放映大片之前要放映一段广告片一样。

放映电影的消息靠口耳相传,放映队要在哪儿放映电影了,十里八村的人都会奔走相告,甚至走在路上,一个陌生人也会告诉

远逝的青春岁月

你，今天晚上某某大队或某某部队农场放映电影，片名是……消息传到青年点，知青们就会早早吃过晚饭，结伴而行，步履如飞，要赶在天黑之前到达放映电影的地方。知青们不顾一天干活的劳累，不管放映电影的地方有多远，不在乎放映的电影看没看过，因为看电影是知青的精神聚餐，它为知青的生活注入了欢乐，尽管有些老电影，以前都看过多少遍了，故事情节和经典台词早已烂熟于心。

电影开演了，伴随着影片的音乐还可能有家长斥责孩子的叫骂声、孩子寻找妈妈的呼喊声，以及扩音器播放的寻人启事：二队的李大头、王瞎子、赵拐子，你家有事，你老婆让你回家。还有最原始的广告：大队养猪场最近引进了加拿大种猪，欢迎广大贫下中农前来配种……突然影片停止了，放映机出现了卡带或者其他毛病，需要修理，看电影的人也不在乎。最有趣的还是跟电影情节有关的场外插曲：影片中的人物说出上句，马上有人接下句早已不新鲜；影片中出现了男女角色搂抱或者接吻的镜头，知青们就会发出尖叫、吹起口哨；女主人公正在脱衣服，马上有人大声呼喊，把里边的也脱下来，激起全场阵阵欢笑。有的电影看好多遍了，我还曾经和几个知青跑到屏幕的背面去看过。

电影放映完了，已经是接近午夜，知青们谈论着电影的内容意犹未尽地往回返。有人建议抄小路可能近些，人们便慌不择路夺路而奔，陷进泥里、掉进沟里的意外在所难免。于是，知青们总结了走夜路的经验：白水黑泥黄干道，保你安全走夜道。

露天电影虽然大多是站着看，而且常常要往返十几里的夜路，但知青们绝不会耽误第二天干活。如果看的是新电影,第二天在干活时,一定会有知青能模仿出影片中的动作、能大段背诵出电影的台词,惹得大家一阵欢声笑语。

几十年后,在冬暖夏凉的小电影院里,坐着舒适的皮沙发看大片,尽管银幕是宽幅且有色彩的、音响是立体的,但再也找不到当年在农村看露天电影的感觉了。

远逝的青春岁月

是不是瘟鸡？

那年，青年点又来了一批新知青。为了给新知青腾宿舍，我们几个人搬到了青年点北边的一户老乡家去住。一天，和我们同住的、在大队小学当代课老师的知青带回了一只活老母鸡，说这是别人求他买的，他用一个柳条筐把鸡扣在老乡家的院子里，等着有回沈阳的知青带回去。

第二天一早，当代课老师的知青上班前嘱咐同住一室的知青，白天别忘了给他的鸡喂食。同住的知青问："怎么喂，都喂点啥呀？"当代课老师的知青说："上下午各喂一次，随便喂点剩饭，抓一把稻粒，别让它饿死就行。"

中午吃过午饭，我躺在炕上休息，听到窗外几个知青围着扣鸡的柳条筐议论着：

"看这鸡还挺肥呢。"

"我都很长时间没吃过肉了，要不咱把这只鸡炖了？"

"不行，这是给别人代买的，咱们给它吃了算怎么回事。"

第二章 艰苦生活

"那咱也买只鸡?"

"现在有钱都没处买。"

"那他咋买的?"

"估计是通过学生家长买的?"

"…………"

一会儿上工了,几个知青在干活时还在议论那只老母鸡。一个老知青说,当地老乡没有吃鸡的习惯,主要是不舍得吃,各家养鸡就是靠鸡下的蛋送到供销社换钱买点油盐酱醋。他们刚下乡的时候,鸡便宜得出奇,一只鸡一两块钱,一个鸡蛋几分钱。但好景不长,随着辽河油田的开发建设,大批石油工人涌进盘锦,他们买东西从不问价,很快就把当地的食品价格抬了起来。一个知青问:"现在能买到鸡吗?""估计不好买,正是鸡下蛋的时候,谁舍得卖呀?"吃鸡、买鸡的话题几乎延续了一个下午。

晚上收工后,我们同住一室的几个知青,有的直接到食堂吃饭,有的要先回住处洗漱一番再过来吃饭。吃过晚饭,同住一室的几个知青回到了自己的住处,大家说说笑笑,准备睡觉。一会儿,当代课老师的知青回来了,他直奔扣鸡的柳条筐,打开一看,惊叫着:"鸡怎么死了?"

屋里的知青听到惊叫声马上出来:"不会吧,我们刚回来的时候鸡还活蹦乱跳的。"

一个知青马上澄清自己,不是我干的,中午我喂了鸡,还给它喂了水呢。

有人说，会不会是鸡买来的时候就有病。

当代课老师的知青十分沮丧，一个知青宽慰他，天有不测风云，人有旦夕祸福，何况是鸡呢。无奈，当代课老师的知青准备把鸡扔掉。知青们谁都不同意扔掉，觉得扔了太可惜了。一个知青说，没事，咱们把鸡吃了，解解馋，大伙凑点钱，你再买一只。

晚上，同住一室的几个知青一起动手，烧水、褪毛、开膛、炖鸡肉。尽管大家已经吃过了晚饭，但还是很快把一只肥大的老母鸡给消灭了。

据说，后来房东大嫂发现了知青扔掉的鸡毛，紧张了好一阵子，不仅把鸡毛、鸡杂以及知青吃剩下的鸡骨头深埋了起来，还在上面撒了白灰，唯恐死鸡的病毒传染给自己家的鸡。碍于情面，房东大嫂没有表现出自己的不高兴。住在人家给人带来了不安全感总是不好的，于是就有知青找到房东，告诉房东大嫂，没事，那鸡肯定不是得病死的，更不是瘟鸡。

第三章 知青群体

永不忘怀的知青之歌

我下乡的时候，大规模的知青上山下乡运动已经持续了五六年。随着一年年知青们改天换地革命热情的慢慢消退，一种被社会抛弃甚至被玩弄的灰色情绪逐渐在知青心中蔓延开来。这时的知青身处农村的艰辛困苦之中，对现实的困惑、怀疑早已取代了当初的激情高亢，知青的生活也因此变了味道。这些无形中也影响了我们这批新知青。我们这一茬人在念中学的时候就知道，自己中学毕业后上山下乡是唯一出路，所以，面对下乡时我们既没有异常兴奋也没有过分悲伤，有的只是一种别无选择的无奈。现在在报上经常看到当年的知青在讨论上山下乡到底是"有悔"还是"无悔"，但我感觉，"有悔""无悔"的前提是你得有选择的自由。对大多数知青来说，那时只是无奈。在无奈之中，我们接触了和自己情绪合拍，最能引起思想共鸣的知青歌曲。

也许就是从这个时候开始，之前被否定的所谓封、资、修的东西开始在知青中传播，特别是当时被认为是资产阶级的靡靡之音流行起来了。探亲回家，身处异地的同学聚在一起交流各地的知青生活，当然也包括各地传唱的知青歌曲，在探亲结束后知青们还会把这些歌曲带回到各自插队的地方传唱。知青歌曲最初在青年点只是由个别文艺骨干（"文化大革命"时校文艺队的队员）的小声哼唱，不久就变成了在一切非正式场合的集体演唱。这些歌曲从内容上说，包括思念家乡、感叹命运、吟唱爱情三个方面；从形式上看，主要是用过去已有的歌曲换上新词，原创的歌曲比较少见。在原创歌曲中，我喜欢《沈阳知青小调》：

> 离别了沈阳我来到乡下，
> 盘锦大地把根扎。
> 为了革命我耪大地，
> 累得我直咬牙。
> 晚上回来哪都疼，
> 叫我怎能不想家？
> 好心的队长放我几天假，
> 兜里没钱我怎能回家。
> 含着泪花写封信，
> 家里寄来了三块八。
> 劳累了一年没挣到钱，
> 我怎么有脸见妈妈。

（注：沈阳到盘锦的火车票当时是3.8元）

这首歌比较符合我当时的境况。那时我和自己的继母关系不睦,所以队里的寒暑假很少回家。一年三百六十五天我几乎都在队里干活,到年底结算,挣的钱还不够交伙食费的。1978年我离开青年点去上大学时,仍欠着队里几十元钱,好心的知青战友没有因为我欠账而拒绝给我办理户口迁移。青年点的一个七〇届老知青告诉我,1979年知青大返城时,他仍欠着队里二百多元,不还清欠账当地就不给办理户口迁移。生产队的分值太低,平均一天不足两毛钱,靠劳动养不活自己,这是大多数知青生活的真实写照。

现在沈阳市的市歌《沈阳啊沈阳,我的故乡》就是我们知青最先传唱的:

> 沈阳啊沈阳,我的故乡。
> 马路上灯火辉煌。
> 大街小巷是人来人往,
> 披上了节日的盛装。
> 社会主义的高楼大厦,
> 耸立在古老的沈阳。
> 那是我常年居住的地方,
> 自力更生重建家乡。
>
> 亲人啊朋友啊,慈祥的母亲,

远逝的青春岁月

> 愿你在平安的路上。
> 生活的道路是多么的漫长,
> 而今我向往的地方。
> 有朝一日我重返沈阳,
> 回到我久别的故乡。
> 我和那亲人就欢聚在一堂,
> 共度那美好的时光。

当时电影院正在放映朝鲜电影《摘苹果的时候》,其中的插曲《鲜花盛开的村庄》曲调十分优美。知青们旧瓶装新酒,将这首歌换了歌词,变成了一首怀念家乡的歌。《沈阳啊沈阳,我的故乡》由歌手曾静、艾敬、李玲玉、那英等人传唱红极一时。这首歌被确定为沈阳市市歌时一定是经过了润色加工,比如歌中的"马路上尘土飞扬"变成了"马路上灯火辉煌","中山广场毛主席塑像,指引着前进方向"变成了"大街小巷是人来人往,披上了节日的盛装"。再后来我们敬爱的市长为这首歌重新填了词,赋予了它建设四化和振兴沈阳老工业基地的内容。尽管这首歌辞藻很美,内容健康向上,足以展示沈阳人热爱家乡、建设家乡的正能量,但没有流行起来,至今人们传唱不衰的仍然是当年知青唱的那首。若干年后,我到省直机关工作,经常出差外地。那时每当火车驶入沈阳站时,列车都播放这首歌,听着这熟悉的旋律,望着耸立在站前广场的苏军坦克塔,一股热流涌上心头,两眼立即就模糊起来。因为这是我们的思乡恋曲，是我们的"北国之春"。

《辽河之夜》也是知青们喜欢唱的一首：

> 美丽可爱的辽河，
> 多么令人向往。
> 河水轻轻荡漾，
> 一直流入海洋。
> 我们曾经在一起，
> 漫步辽河岸旁，
> 共同畅谈美好理想，
> 友谊比水长。
>
> 两眼含泪离别故乡，
> 告别了爹娘。
> 随着时代巨轮，
> 卷入生活海洋。
>
> 一盏油灯照泥墙，
> 夜是多么凄凉。
> 回乡路途遥遥在望，
> 前途在何方？
> 再见吧，可爱的家乡，

远逝的青春岁月

> 还有我心上的姑娘。
> 我们何时才能相逢,
> 在那辽河岸旁。

歌词虽然很难说有什么文采,甚至还有些肤浅,但它苍凉、哀婉的旋律,真挚表达了知青的忧伤和凄迷,颇受知青们的喜爱。

在青年点,知青们咀嚼着生活的艰辛,通过知青歌曲宣泄着自己的伤感和苦闷。我永远也忘不了那情景:暮色苍茫,一群男女知青,披着破棉袄、扛着筒锹、穿着水田靴、拖着疲惫身躯,从田间向青年点走来。不知是谁哼唱起《精神病患者》,歌声低回婉转,于是大家就跟着唱了起来。大约是三十年之后一次出差外地,在当地款待我们的席间,我们同去的几个有知青经历的人唱起了这首歌:

> 失去伴侣的人,
> 灵魂两分离。
> 眼望着秋去冬又来临,
> 雪花飘飘飞。
> 世上人嘲笑我,
> 精神病患者,
> 美丽的青春将被埋没,
> 谁来可怜我。

睡梦中见到你，

醒来不见你，

我有话儿要对你说，

但又不敢讲。

姑娘哟快来吧，

快来到我身旁，

欢乐在我面前飞舞，

幸福在歌唱……

记得一位老知青在谈到知青歌曲时说过："美好的东西，有着顽强的生命力。音乐也是这样，你说它封、资、修也好，黄色小调也好，诲淫诲盗也好，它总以歌词的文采、曲调的优美，不断打动你的心弦。"知青歌曲以歌的形式再现了知青生活的真实境况，表达了我们的青春感受，也极大填补了我们空虚荒芜的精神生活，陪伴我们度过了那段青春时光。

青年点的"雨休"

在青年点没有节假日。一年到头,除了夏天放半个月假、春节放一个月假外,没有农闲的时候,连五一、十一也不会放假休息,更不用说普通的星期天了。知青们盼望着下雨,下雨天可以不出工,乡下管这叫"雨休"。

每当乌云密布,风雨欲来时,大家就异常兴奋。因为下雨,大家可以堂而皇之地休息,如果是连阴雨天那就更好了。这时,有的知青会模仿电影《战洪图》中那个坏蛋的腔调说:"下吧,下吧!下它七七四十九天我才高兴哪!"

早晨起床只要发现外面下雨了,寝室里肯定是满屋子欢声笑语,高声呼喊的、扔枕头的、敲盆敲碗的、在火炕上蹦高的,就差没把房盖掀起来,那种疯狂劲儿就是青年点的一景。

"雨休"是知青们的快乐嘉年华。"雨休"时,青年点里有的人会静静坐下来看看书、写写家信,有的会到别的青年点去会同学,个别热恋中的情人会躲到某一个角落卿卿我我。但更多的人还是喜欢进城和聚餐。

早上,进城的知青结伴而行。我们农场在大洼县,青年点离县城并不算远,但去大洼县城交通不方便,知青们便更喜欢去盘山。我们的农场距盘山只有两火车站的车程,来去方便。盘山火车站是个三等小站,站前有个小的广场,候车室几间低矮的房子坐落在高高的土坡上。盘山县城也不大,"一条路两座楼,一个警察把两头,没有公园也没有猴"是当时盘山县城的真实写照。但这并不影响知青逛县城的兴致,就像在沈阳逛中街、在北京逛王府井一样。此时的盘山县城,各县的、各农场的知青聚到一起了,大街小巷都充斥着知青。三个一群五个一伙,小声地细语着、大声地吆喝着、毫无忌惮地说笑着。知青无处不在,沈阳的知青、大连的知青、鞍山的知青,认识的、不认识的,脸上都挂着微笑,都像老朋友似的打着招呼,迅速地结交为朋友,相邀到各自的青年点去玩。各地的知青相聚一堂,这也是打群架的日子。我每次到盘山都能遇到一两伙打群架的,闹得整个县城鸡飞狗跳。

盘山县城有一个百货商店,几个饭店。知青们往往是先逛商店,然后在饭店撮上一顿甚至喝顿酒就往回赶,花大半天的时间进城实际上就是为了给自己放放风或上饭店给自己解解馋。记得我第一次去盘山的时候,有一个知青用五斤粮票换回了一袋子河蟹,回来后整整蒸了一大锅让大家吃。

没去县城又喜欢热闹的,总得弄点好吃的。平时合得来的几个人凑到一起,能包饺子最好。在知青看来吃顿饺子就是过年,如果包不成饺子就到几里地外的代销点买一盒猪肉罐头炖菜，再不行就把平时舍不得吃的用来压箱底的肉酱、咸菜贡献出来，和大家共享，喝点白酒就更好了。我依稀记得，我住的寝室在最困难的时候只有一罐大酱，有人从附近的老乡家里要来一个萝卜，几个人就着萝卜条蘸大酱就喝了起来。知青喝酒比较豪爽，真的是开怀畅饮、推杯换盏、吆三喝四、没有耍滑藏奸的，更不像现在的社交场合，人们谈吐有度、举止优雅，甚至有时还有点"装"的成分。几杯酒下肚，一些人开始失态，有哭的、有笑的、有的话特别多。特别是酒后话多的知青，酒后吐真言，酒壮尿人胆，平时不想说的、不敢说的话这时全都吐露出来了。然后就是一场久违的狂欢，大家难得这样开心。

晚上，进城的人回来了，也加入了狂欢。知青们借着酒劲，敲盆的、敲碗的、吹拉弹唱的、慷慨激昂的。更多的人还是喜欢唱歌，当时知青唱得最多的是"样板戏"选段和"红太阳歌曲"，偶尔也有人小声哼唱所谓的"黄色歌曲"，再后来知青歌曲流行后大家就大声唱知青歌曲。知青们在一起无拘无束地尽情狂欢，欢度着属于自己的节日"雨休"。

那时，在队里的干部中也有一些很"左"的人，他们不忍心看着小青年因"雨休"而"慵懒"和"堕落"，常常会找出一些匪夷所思的事儿来充实大家的生活。这个时候他们会组织知青政治学习，无非就是把大家召集到一起，由一个人念报纸，再找几个人做老调重弹的发言。这样的政治学习往往会记工分，但由于它不得人心，即使给工分知青也不买账，会找各种理由请假：牙膏、肥皂用完了要到供销社去买，身上起皮疹了需要到大队的医疗点开药……这样的政治学习搞了几次，连组织者都觉得无聊和无趣，逐渐地就越来越少，以至于销声匿迹。再后来，又有人想出了新的办法——让知青们利用"雨休"搓草绳，并规定了一天的工作量。知青们宁可把搓草绳的活儿留在平时的晚上去做，也不想让它耽误自己的"雨休"。

远逝的青春岁月

我们曾是"逃票"一族

作为知青,很多人都有过坐火车"逃票"的经历。当时火车票票价很低,但对收入微薄的知青来说也是沉重负担,大多数知青根本就买不起车票,所以知青无票乘车者为数不少。对于铁路系统下乡的知青来说,他们熟知车站和客运的管理情况,无票乘车则是顺理成章、轻车熟路的事情,而且花样百出。

每次回青年点,我一般都是早上从家出发。在沈阳北站上通化到沈阳站的火车,五分钟的车程到沈阳站,然后不出站台直接上沈阳到盘锦的火车。当时沈阳到盘锦有两趟列车,一是沈阳经盘锦到锦州的,车次忘记了,早上5:40发车,另一趟是沈阳直达盘锦的,车次是381次,8:20发车。沈阳经盘锦到锦州的火车的时间好,到达后能赶上青年点吃午饭,但这列车是锦州铁路局管内的,车上查票过严,知青们一般不坐。知青们更愿意选择沈阳铁路局管内的沈阳到盘锦的381次列车,其原因不言自明。上车后,我就在车上不停走动,观察列车长和乘警什么时候、从前还是从后开始验票。如果从后边开始验票，我就不断地往前串车厢，待列车在某站停车时，我再下车跑到已经验过票的车厢上车，以此躲过验票。从青年点回家则方便多了，因为晚车乘客多，车上基本不验票。在沈阳站下车后，我通常是不出站台，直接上沈阳到吉林的火车在沈阳北站下车，越过铁道线，翻过车站的围墙就到家了。可以不无骄傲地说，我下乡期间在沈阳和盘锦之间坐了无数次火车，和列车检票的人打游击，从未有过被"抓"住的经历。

在青年点，知青们闲暇时也聚在一起交流一下各自无票乘车的经验，真是"八仙过海，各显其能"。有的上车后，喜欢和所坐车厢的乘务员套近乎，甚至帮助乘务员扫地、打水，博得乘务员对知青的理解和同情；有的在车上验票时躲进厕所，任凭乘务员怎样敲门就是不出来，或者看见验票的快过来了，就急急忙忙钻到座椅下边躲起来，弄得狼狈不堪；还有的知青，家里有亲属在火车站上班，他们弄来列车开门的那种外三角钥匙带在身上，列车验票的时候就打开车门站到门外的踏板上，由此躲过验票；更有甚者无票乘车还敢摆出架势与验票的争吵。验票的说：车是国家的，不买票像话吗？知青从容以对：我们知青也是国家的，国家的人坐国家的车理所当然。再说，验票的会用很刻薄的语言羞辱或者恫吓知青，知青决不在乎：要钱没有，要命有一条。由于知青们大多是结伴而行，人多势众，法不责众，特别是这些知青本身就是铁路职工的子弟，验票的实在拿不出什么好办法应对。同青年点的一个知青曾跟我说，一次他在火车上认识了一个乘务员，当他得知乘务员家里养了几只鸡后，就从青年点弄来一袋子稻糠送给了那个乘务员，后来他专等那个乘务员当班时坐车，不光免去了乘车时的许多麻烦，还能在车上买到不用粮票的面包和饼干。有一年我在工作中遇到了已经担任某工科大学副校长的同农场的知青战友，大家回忆往事时，说到了当年的"逃票"。他说，我那时往返沈阳和盘锦之间总是坐火车头，因为我父亲在机务段是火车司机。可以说，知青"逃票"各村都有各村的高招。

相对而言，沈阳到盘锦的列车长、乘警和乘务员都是沈阳铁路局的职工，他们对本系统的下乡知青无票乘车的"处理"还是比较宽松的，何况有的人本身就是知青的家长，他们理解、同情知青的境遇，对无票乘车的知青往往是睁一只眼闭一只眼，顶多让你补几站车程的车票。但也有工作过于认真的，对单独出行的知青处罚得比较严厉，他们先是要求你补票，如若不补就将你带到餐车，由乘警搜身或以中途撵下火车相威胁。所以许多知青出行事先就将自己携带的钱藏在身上最隐秘的地方。

沈阳至盘锦的车上有一个列车长姓李，在车上验票时十分认真，处罚无票乘车的知青毫不留情。由于他个子高，走起路来向两边晃，知青们给他起了个外号叫"李大晃"。"李大晃"家住在沈阳北站附近，早上上班总是从北站坐火车到沈阳站。北站的知青家长遇到他，有的人就会奚落他，甚至有的家长会质问他：为啥对知青那么凶，你没有下乡的孩子吗？还有一些知青扬言，如果"李大晃"再对知青不客气，就找机会把他塞到车轮底下去。在我下乡的后两年,在知青集中往返的高峰时间火车上基本就不怎么验票了,不知是否与这些事有关。

知青无票乘车偶尔也会发生极端的情况。一次一个知青无票乘车验票时被抓住,不知什么原因,这个知青跟验票的乘务员发生了争吵,甚至双方还有肢体冲突。乘警赶到后,把这个知青五花大绑地捆了起来,挂上牌子,写上"无票乘车犯",游车示众进行批斗。这事被我们青年点的一个知青遇到了,回到青年点,他逢人就讲自己的见闻。由于这位老兄一激动就容易出现口误,竟把"无票乘车犯"说成了"无票乘车票",把大家逗得前仰后合,腰都直不起来了。后来,再有谁回家时,常有人调侃:车上验票时好好跟人家说,别来硬的,叫人抓个"无票乘车票"。

远逝的青春岁月

睡火炕和"恋被窝"

在青年点知青们睡的是火炕,每个寝室都有一铺火炕,上面铺着用芦苇编的席子,可以睡五六个人。冬天,火炕是室内的采暖设施,晚上睡在上面既暖和又解乏。

当时知青中流传一个笑话:知识青年刚下乡的时候,一个女知青给家里写信,告诉父母她每天晚上睡火炕,由于写了错字,把"炕"写成了"坑",造成了误会。她妈妈接到信一看就哭了:这盘锦也太荒凉了,孩子怎么能睡在坑里啊,睡在坑里也就罢了,还是火坑!于是,赶紧来探望女儿,结果,伸手往炕头上一摸,热得烫手,就问:这不是火炕吗,也不是火坑啊。

夏天的火炕隔十天半月烧一次就行,主要是为了驱驱炕洞里的潮湿气,否则就会应验那句老话:"花赃钱、睡凉炕早晚是病。"冬天则不同,每天下工后知青们的第一件事就是烧火炕。同一寝室的人每天谁负责从场院往回背稻草,谁负责烧炕,一般都有分工。如果哪天谁忘了背稻草和烧炕,同寝室的人就要挨冻。如果谁烧炕烧过了头,大家一样遭罪。

我印象最深的一次那天一个知青负责烧炕,由于外边天寒地冻、滴水成冰,屋里也没有一点热乎气,他就没完没了地烧了起来。下工后烧了一次,吃晚饭时又烧了一次,到睡觉的时候,他看到还有几捆稻草,就索性一股脑都塞到了炕洞里,把炕烧得滚烫。晚上睡觉的时候我就觉得分外地热,睡到半夜觉得炕实在烫得有点受不了了,就跳了起来,用手摸摸褥子底下,炕热得根本就伸不进手去。我忽然嗅到了一股焦煳的味道,掀起褥子,发现褥子底下的毯子变成了焦黄,炕席也烧得黑黢黢的。我原来觉得炕头最热乎,没想到热得过了头,烙了半宿的烧饼,还差点把被褥烧着了。同寝室的知青被我惊醒了,有人马上穿衣下炕,从外面给我找了几块木板垫在炕面上,这样才稍微缓解了一点儿。那天青年点不少知青的褥子都有被烤煳的痕迹。

火炕就是室内的采暖设施,但有时火炕的作用也很有限。我刚下乡那年的冬天特别的冷,那时知青们还住在姜家村的土坯房里,房子坐落在村子的最高处,孤零零地抵挡着寒冷的西北风。房间里四面透风,最冷的时候屋里的北墙上挂了一层厚厚的霜,温度在零摄氏度以下。早晨起来,脸盆里的水会结冰。尽管火炕烧得滚烫,但它散发的热量还不能使屋里暖和起来。晚上睡觉的时候,知青们就尽量把棉大衣、棉裤、棉被压在身上。虽然躺在火炕上,被窝里是热的,露在外面的头部却冻得慌。那年冬天知青们晚上睡觉干脆就戴着棉帽子。炕沿儿上一溜儿棉帽子,棉被被拉到脸上,只露出鼻子和眼睛。有的人早上起来，眉毛、胡子和靠近鼻子处的被子上竟结了一层霜。这是冬天青年点寝室特有的风景，只是知青们谁也没和家长说过而已。

正是因为被窝暖和，外边寒冷，有的知青早上就懒得起来，赖在被窝里，连吃饭都是别人帮忙打的，趴在被窝里吃，知青们管这叫"恋被窝"。"恋被窝"若在平时人们不太计较，队里的干部也都睁一只眼闭一只眼，但如果是农忙时，是决不允许的。那时队长知道谁还在被窝里，会到寝室来掀被子，搞得"恋被窝"的知青很没面子。

第三章 知青群体

我曾在会上介绍队里的经验

1975年2月,营口、海城地区发生强烈地震,与其毗邻的盘锦地区也受到很大损失。这一年的春季,盘锦出现了气候异常现象,低温寡照,以至于稻苗生长缓慢,严重影响了春季插秧的如期进行。

那些年盘锦有一个口号叫作"大战红五月,不插六月秧",但我们队到五月末插秧会战才全线铺开。考虑到晚插的水稻生长期可能不足,老农队长通过关系,给队里引进了一部分生长期短和晚熟的秧苗。为了多打些粮食,队里还通过扩边展沿多开垦了一些水田。所以,我们全队的插秧会战到七月初才结束,知青们揶揄地说,什么大战红五月,我们是在向"七一"献礼。

那一年,由于知青人数增多了,新知青们刚下乡,都想好好表现一下,插秧期间很少有知青请假和无故旷工,劳动效率明显提高。整个春夏的田间管理也做得及时到位,水稻长势好,秋后获得了大丰收,粮食产量达到了每亩四百五十斤。在经历了地震和春寒等自然灾害的情况下，在其他生产队普遍减产的同时，我们队不但没有减产，而且取得了增产的成绩，比上一年平均亩产增长了150斤。按照当时的说法，我们已经达到了"上《纲要》"（亩产400斤）的要求，距离"跨黄河"（亩产500斤）也仅一步之遥。那一年我们向国家上交了十几万斤的水稻。

当时盘锦地区有这样一句顺口溜，叫"三新一坝，新立最差"。"三新"即新建、新开、新立农场，"一坝"就是坝墙子农场。盘锦地区这四个农场自然环境不好，其中新立农场是最差的。在自然环境最差的地方，在经历了地震和春寒的特殊年份，我们竟然取得了较大幅度的增产，引起了上级领导的关注。

第二年年初，农场决定让我们青年队对粮食增产情况进行认真总结，在春季召开的全农场三级干部（农场、大队、小队）会上介绍经验。这个任务自然落在了我的头上。大约用了几天的时间，我写出了《我们是怎样在大灾之年取得大幅度增产的》经验材料的初稿。

初稿的内容简要介绍我们青年队的地理位置、耕地面积、人员构成等自然情况以及增产的具体数字。接下来分三个部分具体阐述增产的原因：一是坚持坚定正确的政治方向，组织广大知青认真学习革命理论，坚定革命的理想信念，树立扎根农村干革命、改天换地的思想，为全队的工作开展提供了根本保障；二是坚持大批资本主义，大干社会主义，坚决刹住个别知青懒惰、不守劳动纪律的歪风邪气，确保农忙时的出勤率，调动广大知青苦干、实干、拼命干的积极性，发扬轻伤不下火线的革命精神，连下雨天也不休息，大雨不算下，小雨算晴天；三是坚持科学种田，根据遇到春寒的实际情况，及时引种生长期短和晚熟的水稻品种，加强水稻生长期的田间管理等等。对于队里为了确保多打粮食通过扩边展沿多开垦了一些水田的事只字未提。

然后，我带着材料参加了农场组织的"调讲"。所谓"调讲"就是农场把写材料或者会上发言的人调上来，这些人要当着农场领导的面做会上发言的预演。我的材料很快就通过了。我记得当时农场青工科的高科长对我说，你的材料突出政治，联系路线斗争的实际，队里的经验归纳总结得都很好，内容没有问题，值得在全农场的青年队中推广。如果说不足，就是有些句子还不够顺畅，你回去后就找个没人的地方，大声"郎堵"（朗读），一定会发现不顺的地方。按照科长的意见，我又对经验材料进行了一些修改。

在春耕之前，我带着经验材料参加了农场党委和革委会召开的三级干部会议。我有生以来还是头一次遇到那阵势，农场礼堂周边张贴着红红绿绿的大标语：学习大寨愚公移山精神，过黄河，跨长江，坚决打胜农业翻身仗；大批资本主义，大干社会主义；向出席农场三级干部会议的代表学习致敬。标语的周围还插着、挂着红旗。在进入会场时，有两队小学生拿着塑料花、打着小红旗，高喊着"欢迎，欢迎，热烈欢迎"的口号，一个鼓号队在一边吹吹打打，夹道欢迎会议代表，好不热闹。会上，农场的领导同志传达上级文件、发表讲话安排全年的工作，其具体内容早就忘记了，只记得在宣布一个表彰决定时，一个场领导同志将"中共新立农场委员会、新立农场革委会"读为"中共新立农场革委会"，这个称呼成了典型的杂糅病句。在先进典型介绍经验时，我是最后一个发言的，而且是以一个知青的身份，这在发言者中是绝无仅有的。因为当时队里的老农队长不识字，青年队长既没参加全年生产的全过程，也不会总结队里的经验。

参加这次会议，我的最大收获是在会议期间我只交了四两粮票、两毛钱就吃了一顿农场的会议"大餐"，不仅吃到了白面馒头，还吃到了猪肉炖粉条、炖大豆腐和炸花生米、香肠，给自己饥肠辘辘的身体增添了一点油水，让我终生难忘。

我经历的青年点招工

知青要离开农村，除了被推荐上大学、当兵和办病退，最正常的途径就是招工了。在我下乡之前，青年队的招工指标曾出现过变相被外队挤占的情况。在我下乡后，曾经历过几次招工，但招工的名额都很少，也没有推荐上大学和征兵的指标分配到我们队里。六八届、七〇届的知青几十人，面对每年可怜巴巴的几个招工指标，僧多粥少，几乎要打破脑袋般的争取挤上招工的每一班车。

当年知青的招工单位主要是辽河油田、辽阳化纤、沈阳和盘锦的一些企业。招工的程序一般是队里接收到上级下达的任务指标，向全体知青公布招工的单位和名额，个人报名再由大家评议，依据报名知青的条件如下乡年满两年以上、劳动表现突出等等，推荐出参加招工的人员，最后队领导班子拍板确定。

总的说，每次招工都比较公平。知青们在推荐人员时，首先考虑那些下乡时间比较长的老知青，个别够条件表现又十分突出的新知青也在考虑范围之内。在同等情况下，人际关系处得好的自然推荐票要多一些。队里在研究确定时也是充分听取大家的意见，既民主又集中，绝没有后来我们在机关企事业单位碰到的，明明经过考核大家都不认可的人，最后占得先机的那种暗箱操作的怪事。

参加招工的知青心态都很复杂。有的人只要有机会离开农村就行，不太考虑招工单位在哪儿；有的人则要选一选，如果不是沈阳的大企业，宁可放弃也要等有好的单位招工才报名；有的人态度很明确，只要是能回沈阳就行。由于首先要看大家的推荐情况，如果票多自然占优势，因此有的人也搞一些"小动作"。如用小恩小惠拉拢一帮人，事先弄点吃的喝的，请暂时还不够招工条件和不急于返城的新知青，以期评议时投他一票；曝光竞争对手曾经做过的陈芝麻烂谷子糗事，特别是对其他知青不利的事情，以此打压自己的竞争对手。但这种做法一时还没翻起大浪。

招工对知青来说不啻是人生的一次选择。对于那些处于热恋中的知青，其含义还不止这些。我记得，1975年或者1976年的一次招工，一个男知青被招到县的一个建筑公司去了，他的热恋中的女友哭得死去活来，大家都担心那个女知青发生不测事件。被招走的自然兴高采烈，打点行装喜上眉梢，没走的一脸无奈，只能默默等待。

在我经历的招工中，对一个老知青，我至今还感到有些愧疚。这个老知青下乡已经七八年了，后来搞了对象，急着招工回城。在一次招工之前，这个老知青做了不少工作，在推荐阶段确实得了一些票。平时，我就看不上他。一年在队里干不了几天，干活时不爱干重体力活儿，专找俏活儿，还曾经欺负新知青。在队里研究最后确定人选时，我投了他的反对票。我不知道自己是不是领导班子成员，队里开会研究问题有时找我，有时不找。那次找了我参加班子会，我的理由是：这个老知青平时不怎么参加劳动，靠搞关系被推荐上来了。如果我们确定了这样的人，就等于告诉广大知青，在青年点可以不好好劳动，到了一定年限自然可以回城，这种导向后患无穷。由于我的坚持，这个老知青没有被招工。他知道了自己没有被招工的信息和队里研究时的情况，拿着枪刺找到我，要跟我拼命。当时我不知哪来的那股虎劲，几乎是迎着他的枪刺，你自己干的怎样你自己最清楚，还拿刀威胁我，你有那个胆吗？当时周边聚集了很多人，大家很快把我俩给分开了。

多少年后，想起这件事还有些后怕，我用那样激烈的语言刺激他，一点也不知道化解矛盾。如果他恼羞成怒，情急之下，拿着枪刺向我刺来，不仅害了我，也害了他。总的说，还是我做得有些过分，一个老知青下乡七八年了，已经到了谈婚论嫁的年龄，对象等着回家结婚，我为什么不能放他一马？非要较真，非要跟他过不去？

那时，青年点的招工竞争不算十分激烈，大概是因为当时的社会风气还好，加上知青思想还比较单纯，所以乌七八糟的做法没有市场。后来就不同了，一些人尽管一时还没有回城的紧迫感，但还是早早就做准备，一边拉帮结派，培植所谓自己的势力，一边开始对老农队长请客送礼搞感情投资，以期将来派上大用场，事实上有些人确实由此获益。

远逝的青春岁月

关于大米的故事

作为盘锦知青，苦熬苦干一年最让人兴奋的就是放假和往家里带大米。上冬后，一旦队里确定了放假的日期，青年点的食堂就开始了昼夜不停地磨米，作为知青假期的口粮，青年点要给每个知青分发大约五六十斤当年的新大米。五六十斤新大米这在当时可不是个小数目，对知青来说，这是自己的劳动果实，也是自己唯一可以回馈父母的礼物。

放假了，队里的大车载着知青和大米浩浩荡荡往火车站赶，劳累了一年的知青高高兴兴地踏上了回家的路程。火车站热闹非凡，从四面八方汇聚到这里的知青们，戴着棉帽子，穿着露出棉絮的破棉袄，有的人腰上还扎着草绳，几乎每个人都扛着一袋盘锦大米。上车前，同一个青年点的知青都会忙着分工，女的看堆儿，男的先上车，身强力壮的负责抢位置，因为上车稍晚一会儿行李架就没位置了。远处传来火车的隆隆响声，人群一阵骚动，驶来的车还没停稳，有的知青就飞身扒上车门。车刚一停稳，车窗就已经打开，知青们开始传送米袋子，把米袋子放到行李架上，放不下就塞到座位底下。这时的车厢早已人满为患，站台上的女知青如果挤不上火车就被先上车的男知青从车窗口拉进车厢。列车拉着长笛开动了，知青们一颗悬着的心才终于放下。车厢里，水泄不通，烟味、汗味弥漫，人声嘈杂，无立锥之地，堪比现在的春运，但这决不会影响知青们愉悦的心情。后来，为了解决知青放假回家高峰期间乘车难的问题，铁路局还开通过专列，就是那种电影中纳粹押送犹太人去集中营的闷罐车，稍稍缓解了知青放假回家的压力，知青坐火车往家带大米更方便了。

盘锦知青能够回馈家庭、可以向人炫耀的是当时在市面上很难见到的盘锦大米。盘锦的大米好，因为盘锦有适宜水稻生长的气候和土壤条件，有充足的河水灌溉，籽粒饱满，蒸出的米饭外观油亮甚至可以说是晶莹剔透，香味扑鼻，嚼起来韧性强，口味更好。但随着化肥的大量使用，盘锦的水稻产量上去了，品质却下降了。后来队里决定，在春天插秧时，专门划出一块地种水稻，不使用化肥，专上农家肥，秋后收获的稻子也是单独晾晒和脱粒，供知青们自己食用。

平时，知青临时请假回家都希望能捎回点儿大米，因为生病长期不在青年点劳动的知青们，也希望从青年点领点儿口粮。在我当伙食长期间，老农队长告诉我，一不动百不摇，意思就是除了春节放假，不要给任何人捎大米。我不这样看，觉得还是应该具体问题具体分析。例如一些人确实有困难，特别是长期在家的老病号回青年点了，我都会偷偷地给他们捎上一点大米。但给谁不给谁、给多少的尺度不好把握，也由此造成了一些矛盾，给自己也带来了不少麻烦。

除了春节，对大多数知青来说，往家带大米最好的办法就是到老乡家去采购。时间长了，很多人都形成了自己的固定渠道，但随着知青采购量的不断增大，老乡出售大米的价格也逐渐攀升。再后来，知青们又想出了新的办法，就是春天到老乡家去预订大米。这个时节正是青黄不接的时候，一些家庭由于急需用钱，也乐于先收下知青买大米的预付款来应急。当地农民也确实诚实守信，不会因为秋后米价的波动而爽约。

我没在老乡家买过大米，但曾经帮助别人买过。其中发生的一件事到现在也觉得蹊跷。一年春天，一个新知青求我到老乡家订购大米。我找到了邻村一个姓毕的老乡家，这个老乡喜欢跟知青往来，算是和知青关系密切的了。秋后，我领着这个新知青到老毕家去取米，老毕感到莫名其妙。他告诉我，每次知青来订购大米，他总是用粉笔把账写到房梁上，他指房梁给我看，那上面根本就没有他的账。因为空口无凭，只好作罢。由于我做事失误，让这个新知青蒙受了损失，多少年之后还感觉对不起那个新知青。

第三章 知青群体

护秋往事

护秋，也叫"看青"，就是秋天庄稼即将成熟的时候，队里派专人在稻田四周巡逻，防止牲畜和家禽进地祸害庄稼。每年上秋队里都有专门的护秋员，那年正赶上中秋节队里放假，队长派我们几个留在青年点的知青临时去做"看青"的活，这样我才有机会客串了一次队里的看青员。

"看青"看似简单也比较自由，但责任很重，又容易得罪人。为了把跑进稻田的牲畜和鸡鸭鹅往外赶，我们每天都跑来跑去。早上，田里的稻叶和田埂边的杂草上挂满了露水，人走在田埂上一会儿裤子就被露水打湿了，湿乎乎的裤子贴在腿上十分不爽。刚赶跑进入稻田的鸭鹅，好不容易裤子快干了，另一块稻田里又发现了猪的踪迹，赶紧去轰猪，裤子很快又被露水打湿了。

青年点北边的稻田靠近薄家村，村子几乎每家都养猪、养鸭养鹅。平时人能吃饱饭就不错了，哪有东西喂这些家畜家禽。一些老乡就打歪主意，故意放出自家的家畜家禽到青年队的稻田来混吃喝。看白天知青的护秋员看管得太严,一些人就趁晚上放出自家的家畜家禽,于是我们几个知青特意加强了晚上的巡视。我的视力不好,那时还没有手电筒,晚上在稻田边东跑西颠,经常发生掉到沟里和踩到泥里的意外,不免弄得浑身是泥,非常狼狈。

"看青"比较辛苦,但也有乐趣,那就是可以随心所欲地在地里乱转,有时也搞点小小的"外快"。平时我们出去巡逻,都喜欢带一把筒锹。有一天晚上我们外出巡逻,一个知青特意带了几把镰刀,我感到纳闷,问那个知青带镰刀干啥?他神秘地笑笑,说到时候你就知道了。

夜深人静,我们几个"看青"到了地西边"七支"(干渠支线)的小桥上,带镰刀的知青把手里的镰刀递给一个人,说那边的坝埂子上就是老农队种的豆子,你们几个过去割一捆豆子,然后咱们找个地方烧豆子吃。

有人问,被人发现了怎么办?

没事,带镰刀的知青说,我在这儿放哨,如果有人过来,我就用这个。说着他从兜里拿出了一个长柄电镀羹匙,在月光的照射下闪闪发光。他狡黠地说,像不像匕首?如果遇见有人在这儿过,我就远远地亮出这个,然后问他有钱吗,肯定会把他吓跑。

其他"看青"一阵嬉笑,过了桥直奔豆子地,拿镰刀的知青嘱咐道,往里走远点,也别可一个地方割,尽量"苍花"着割,不容易被看出来。

一会儿,几个知青就割了一捆豆子,然后抱着这捆挂满鼓鼓豆荚的豆秆转移到了地东头。在地东头的一块小空地上,"看青"的知青先在地上挖了个坑,又划拉了些干芦苇和树枝,放在坑里用火柴点着。随着一股青烟升起,柴火火势旺了,再放上豆秆,很快豆荚就发出了噼啪的爆响声,散发出阵阵豆香。"看青"的知青望着坑里的火苗,听着豆荚的爆响声,心里高兴极了。在那个有米没菜的日子里,还能吃到这种风味独特的烧豆子,真是难得!

待坑里的柴火已经燃尽,豆子也就烧熟了。尽管坑里的灰烬中还残存着底火,"看青"的知青也顾不上被烧着烫着了,七手八手地从灰烬中捡起豆子吃,并不断称赞那个带镰刀的知青。一堆豆子吃完了,"看青"的知青用土掩埋好烧豆子剩下的灰烬,又倒上水洗了洗手和脸,说说笑笑地回青年点睡觉去了。

几天后,我们客串的"看青"工作结束了。这时,附近老乡家的家畜家禽到青年队水田祸害得更加肆虐了。特别是猪,不光大吃大嚼即将成熟的稻子,还在田里横行,成行的稻子被猪践踏在泥水之中,惨不忍睹。看着自己辛辛苦苦侍弄了一年的水稻被猪们糟蹋成这个样子,知青们都非常痛心。毕竟是看青员比我们专业,他们追赶猪们更加及时和勇猛。我记得青年点有个叫小义的知青,手里拿着一把二尺叉,整天在靠近村子边的稻田巡视。有一次,他看见了一头猪,一声断喝,那头猪瞬间就钻进了稻田。在不断追赶中,那头猪东窜西窜,就是不肯离开稻田。情急之中,小义举起了二尺叉,就像在学校田径运动会上投标枪一样,对准目标用力掷了出去,正好刺中猪的后腿。被刺中的猪发出凄厉的叫声,挣脱了二尺叉往自己家逃去。不长时间，猪的女主人找来了。看青员一看暗暗吃惊，原来猪是老农队长家的。

女主人说，你们知青下手怎么这么狠，这猪已经揣崽了，如果流产了，你们赔得起吗？

看青员也毫不退让。大队大喇叭广播你没听到吗？稻子进场院前谁家的猪鸭都不许放出来。

又不是我故意放出来的，是它自己跑出来的……

双方争吵了半天也没有结果。但此事过后，村子里安稳了很多，知青们很少再看见附近老乡家的猪鸭到青年队的水田里转悠的现象了。

大约四十年后，我和小义在电话里闲聊，我问，当年你把老农队长家的老母猪给扎伤了，老农队长没报复你吗？小义说，没有，我又没做错，可能是人家大人有大量，不想报复我，也可能是想报复，但我们很快地迎来了知青大返城，还没找到机会。

第三章 知青群体

知青的乡村爱情

刚下乡的时候，常有长辈或老知青作为过来人告诫我们这些新知青，你们年龄还小，千万别在农村谈恋爱，一旦恋爱结婚那就是在农村扎根，一辈子也别想回沈阳。当时懵懂的我们，每天处于艰苦和劳累之中，既没有那种情感需要，也无暇考虑这些，恋爱和婚姻还没有提上日程。

记得一位作家说过，凡是有青春的地方，一定会有盛开的爱情花朵。男女青年每天生活在一起，生活上相互照应，相处的时间久了，难免会擦出火花，滋生出爱的情愫。最初是干活的时候，一些男知青总是热心地帮助自己心仪的女知青，而女知青回报男知青的则是帮忙他们洗洗涮涮。女知青饭量小，有人把省下来的饭票私下送给自己喜欢的男知青，再发展下去就是两个人独处机会的增多。但那时知青谈恋爱大多是偷偷摸摸，像革命党人从事地下活动，谁也不敢声张，甚至极力否认。

到我下乡的后两年，知青谈恋爱已经不再是个秘密。随着年龄

111

的增长、感情的加深以及对未卜前途的忧虑,知青们需要在自己的另一半中寻找精神的慰藉和情感的归宿。在大多数知青还在纠结于自己谈与不谈的时候,一些知青就开始先行一步,事先长辈和老知青不要谈恋爱的告诫早已忘到脑后。以我的观察,知青间谈恋爱还有另外的情况:有的纯属于剃头挑子一头热,一个男知青对自己暗恋的女知青穷追不舍,在遭到多次拒绝之后,竟然磨刀霍霍,企图以暴力相威胁;有的则属于寻找靠山,以期在混乱的环境中得到庇护和某些照顾;还有的属于无聊至极,通过谈恋爱来填补自己极度空虚的精神世界。属于后两种情况的,往往以一方的返城而宣告结束,就像小说《围城》所说的,船上的恋情以起航开始,以到达目的地而结束。

知青大张旗鼓地谈恋爱,成为青年点的一景:吃饭的时候相恋的两个人会把饭打到一起,伙着吃,个别人甚至是在公开场合勾肩搭背,卿卿我我。每天收工后总会有相恋的一对避开众人的视线到苇塘去谈或者干脆就在女知青的宿舍里谈。队里对知青的思想状况非常重视,唯恐这种歪风邪气发展蔓延下去后果不堪设想。

实际上一些问题已经开始显现。有一段时间我在队里负责给知青记工分,一次在女宿舍了解女知青的出工情况,无意间我问那谁谁谁怎么不干活,我发现有人在嗤嗤地笑,不知是笑我孤陋寡闻还是觉得我明知故问。后来有人在私下悄悄地告诉我,那个女知青是回沈阳做"人流"去了。

为了扭转风气,队里曾召开知青大会,严厉批评了一些人的不检点甚至是有伤风化的行为，并且限定男知青晚上九点以后不许到女知青宿舍。我清楚地记得，当时老农队长激动地告诉女知青，九点一过，男知青谁要是还赖在女宿舍不走，你们就"蒯"他！激起了女知青的一阵笑声。一些队干部私下里找个别人做工作，以我们队的两个老知青在当地结婚为实例，教育新知青在青年点搞对象就是这个下场，一辈子也别想回沈阳。带队干部还曾带人去女宿舍检查过几次。但无论是开会禁止、私下做工作还是检查，结果都收效甚微。

知青大返城之后，我们青年点有十几对当初热恋的知青喜结连理。应该说，在那个远离家乡和亲人的地方，在艰难困苦的境遇中，是爱情的力量把他们紧紧连在一起，最终修得正果。

多年之后，也有人问我，那时你怎么没有在青年点处个对象？难道那么多女孩就没有你钟情的？我只是环顾左右而言他。现在想来，那时的我，就像赵传歌中唱的那样，有点卑微，有点懦弱，唯恐由于自己的一时莽撞和执着给人家带来不必要的伤害。再后来就是一门心思准备考大学了，已经无暇顾及这些。

远逝的青春岁月

青年点的"诗"与"歌"

　　1976年粉碎"四人帮"之后，文学创作逐渐繁荣起来，文坛上出现了一批深受知青喜爱的文艺作品，一些现代作家的作品也开始解禁。在劳动之余，知青们开始竞相传看这些作品。在我的记忆中，当时，知青们最喜欢看的是《人民文学》和《人民日报·副刊》，最能引起阅读兴趣的是刘心武的《班主任》、徐迟的《哥德巴赫猜想》和一些现代作家的作品。

　　那时，青年点有几个喜欢诗歌的知青时常聚在一起，谈论刚刚解禁的现代诗歌并忙里偷闲背诵这些诗歌。其中有个叫大毛的知识分子家庭出身，下乡后不久就被调到大队的小学教音乐。青年点搞的文艺活动，通常是大毛负责组织排练并在演出时指挥大家合唱。有一次我们几个知青在一起"飙诗"，大毛背诵出贺敬之的《雷锋之歌》，我则背诵了贺敬之的《西去列车的窗口》，大毛接着背诵了当时正流行的知青诗歌《理想之歌》，我又背诵了郭小川的《祝酒歌》，还有谁背诵了什么诗歌已经记不清了，一些人像看西洋景似的在一旁看热闹。我们这几个知青还背诵了新近发表的毛主席诗词以及郭沫若、陈毅的诗词。一次大队开文艺晚会，我们青年点有五六个知青上台背诵了诗歌，引起了别的青年点知青的一片赞叹。

知青们在一起谈诗、背诗，有时也写诗填词，发表在青年点的黑板报上，但诗的内容都已忘记。当时我和一个知青模仿《理想之歌》合作了一首具有我们盘锦知青内容的"理想之歌"，依稀记得其中的几句：

> 摇曳的芦苇在招手，
> 荒芜的大地敞开了胸怀。
> 欢迎你们啊，盘锦大地的垦荒者，
> 欢迎你们啊，青年队的新成员。
> ············
> 要用我们的双手，在盘锦大地写下壮美的诗篇。

在诗歌爱好者大秀诗歌的时候，一些业余歌手也很活跃。青年点有个知青叫小沛，平时就爱唱歌，大家听他唱得最多的是《北京颂歌》《红星照我去战斗》《我为伟大祖国站岗》，他也因此被称为青年点的"小李双江"。那时，小沛准备报考省市的文艺团体，所以早上常常跑到苇塘边去练声，有时在大家上工后，他一个人登上屋顶独自演唱。小沛回城后在一个工厂上班，仍然没放弃歌唱，据说还曾在电视台参加过歌唱比赛。这些业余歌手聚在一起唱得热火朝天，还有一些喜欢乐器的知青，他们从自己家里拿来乐器，业余时间在青年点吹拉弹唱。

那个时候，在青年点个别知青内外打打杀杀的同时，一些人并没有由此沉沦，他们通过自己喜爱的文艺形式，充实着自己的精神世界。

第三章 知青群体

"扒眼"与偷拆信件

曾听说别的青年点有人因"扒眼"被抓了现行，被抓者往往会被戴上"扒眼犯"的牌子遭受批斗。"扒眼"是东北方言，就是"偷窥异性"，属于严重的伤风败俗和道德败坏行为，各级组织一定要严肃处理的。但偷窥别人的信件则不然，各级组织熟视无睹，有时甚至会表扬偷窥者，处理被偷窥者。

我们青年点也曾发生过"偷窥异性"事件和"偷窥他人信件"事件。在"偷窥异性"事件中由于没有抓到偷窥者的现行，队干部只是在会上很含蓄地进行了警告，但在一定程度上起到了敲山震虎的作用。现在看来，"偷窥异性"很可能就是心理疾患使然，与人的道德品质无关，顶多属于一般治安事件，但偷窥私人信件就是严重的践踏人权，属于违法行为。在那个特定的历史条件下，知青没有一点私人空间，更不要想有个人的隐私。

我记得，青年点一个知青跟他中学时的一个女同学确立了恋情关系，从此两个人鸿雁传书，互吐衷肠。有一段时间，他的女朋友经常在信中责备他不及时回信，过了好长时间他才发现，并不是女朋友的每次来信他都能收到，隐隐感到有人在截留并偷看他的信件。"截留并偷窥信件"险些在他和女朋友之间造成误会，让他非常苦恼。

"截留并偷窥信件"无疑给人带来了很大伤害，如果有人截留并偷窥了反而使信件主人受到批判，那就更让人难以接受。

接下来要说的事发生在1976年以后。

一个1974年下乡的知青接到了一个同学弟弟的来信。这个小弟弟是应届毕业生，也是沈阳北站的职工家属，面临毕业后上山下乡的去向问题，他不知道自己是选择到盘锦还是选择到沈阳近郊好，于是他给盘锦青年点哥哥的同学写信，了解盘锦及盘锦青年点的情况，询问自己下乡到哪里好一点。这个七四届的知青出于对小弟弟的关心和爱护，很快就写了回信。在信中他介绍了盘锦的自然环境和青年点的基本情况，他告诉那个小弟弟千万别到盘锦，这里的生活非常艰苦，没有干净的饮用水，平时知青吃不到蔬菜，几个月碰不到一点油水，而且现在的青年点管理混乱，风气也不太好，知青们分帮分派，甚至打架斗殴，乌烟瘴气……信写完了，他委托一个来盘锦青年点看望姐姐的小妹妹把信带回沈阳。

信没有被带回沈阳，而是落到了一个老知青手里。这个老知青不知是出于好奇还是平时就有偷窥他人信件的习惯，他用小刀拆开了信封的封口，偷窥了信的内容。如果只是偷窥也就算了，但他并不就此罢手，以为自己有了重大发现，为了表现自己，他上交了邀功请赏，捞取政治资本。

信迅速地在队干部中进行了传阅，领导们一致认为，这是严重的政治问题，一个知青竟然胆敢污蔑知青上山下乡的大好形势，丑化青年点的各项工作，误导准备到盘锦扎根干革命的青年，破坏上山下乡运动，非好好整治一下不可。于是，队干部专门找写信的知青谈话，进行严肃批评，帮助写信的知青认识问题的严重性质及其极端危害，要求其做出深刻检查。

接着，队里召开知青大会，写信的知青成了反对上山下乡的反面人物，迫于压力只好作了检查，并接受知青们的批判。当时会上，还有一个知青不知什么原因也作了检查，同样接受了知青们的批判，而偷窥他人信件的老知青自然受到了队领导的表扬。

远逝的青春岁月

青年点抓"小偷"

在青年点，人多手杂，知青们常常有自己的饭盒、袜子甚至饭票被人"错拿"和"借用"的现象，你的就是我的，我的还是我的，人们见怪不怪。但"错拿"和"借用"别人的衣物与现金，问题就很严重，因为这样会把青年点本该平静的生活搞得人心惶惶，因为它与人的品行不端有关，队里是一定要进行追查和处理的。

据老知青讲，我下乡前青年点曾多次发生失窃事件，较大的一次是知青的半导体收音机被窃。一个知青从家里带来一台半导体收音机，每天用它收听新闻广播、歌曲。在当时，半导体收音机属于很贵重的物品，这个知青爱不释手。忽然有一天这个贵重物品不见了，大家几乎是全员出动帮助他找，但没有找到。后来人们在偷窃者的女朋友的箱子里发现了这台半导体收音机，同时还发现了其他知青丢失的衣服和裤子。原来这个偷窃者平时就有小偷小摸的习惯，他对别人的贵重物品已经觊觎很久，乘人不备偷来，先是把东西藏到了青年点场院的稻草垛里，然后再转移到自己女朋友的箱子里，准备寻找机会带回家中。偷窃者受到了应有的处罚和众多知青的鄙视。

我在下乡期间亲眼看见过一次青年点抓"小偷"。

和我同届的一个知青，平时大大咧咧的，对自己的财物的管理从来都不精心。一天，他十分焦急地向队里的领导报告，家里刚刚给他捎来的十块钱不见了。据这个知青讲，收到家长捎来的钱后，他把钱放到自己从来也不上锁的箱子里，就在上厕所这段时间里钱就不见了。带队干部很重视这次失窃事件，亲自勘查现场，寻找作案者留下的蛛丝马迹，找有关人员谈话了解情况，其调查的缜密程度一点儿也不亚于一个经验老到的刑警。

带队干部先了解这个知青家里捎钱都有哪些人知道，然后确定在丢钱的时间段里都有谁到过这个知青的房间。带队干部说，从作案的时间和地点来看，"窃贼"很可能就是某某。于是，带队干部派人去找某某，有人说看见某某已经去代销点了。听到这个消息，带队干部马上带了几个人直奔代销点而去。在代销点大家看到，知青某某买了一盒猪肉罐头、打了二两白酒，站在柜台边上正就着罐头肉自斟自饮呢。带队干部把知青某某支到了代销点的外面，由两个知青陪着，之后便和丢钱的知青向代销点的售货员了解情况。售货员告诉带队干部刚才的知青是用了十块钱买的罐头和酒，带队干部要求看看那十元纸币。当时，十元是面值最大的纸币，售货员装钱盒子里只有一张十元的纸币，很快就找了出来。丢钱的知青一下子就看到了自己的钱：这张就是我的。带队干部问：你怎么就能确定这张就是你的？丢钱的知青说：我平时做事丢三落四的，我妈每次给我捎钱，怕我的钱和别人的搞混了，总是在钱的不显眼的地方用铅笔写上我的名字。带队干部拿过钱来仔细一看，那张十元纸币上确实写着丢钱知青的名字。于是，一件青年点失窃案就这样告破了。

后来，偷窃者承认了自己偷窃的行为，丢钱的知青也原谅了那个"窃贼"。考虑到"窃贼"年龄不大，心智可能还没有完全成熟，当肚子里没有油水的生活实在熬不住的时候，一时糊涂，难免会做出鸡鸣狗盗的事来，所以队里只是进行了批评教育，没有做更进一步的处理。

最别致的"处罚"

临近春节,队里的大部分知青都已放假回家,青年点只有几个留守人员。一天早上,我刚刚吃过早饭,由于外面天太冷,实在不想干什么活,准备再睡个回笼觉。

忽然青年点的院子里传来一阵嘈杂声,好像有人在吵架。我跳下炕,穿上鞋,出去一看,一个知青正拽着一个邻村的老乡,旁边放着个布袋子,两个人还争吵着。那个知青说:"我抓了个小偷。今天早上他到青年点的场院偷东西,被我抓个正着。"老乡争辩着:"我没偷东西,你们青年的场院已经打扫完了,我就是在场院扫点稻瘪子。"那个知青大声说:"没经我们允许,就是从我们的场院拿一根稻草也是偷。"

这时院子里陆续又来了几个知青,大家七嘴八舌地议论开了,有的说先揍他一顿,看他下回还敢来偷东西不,有的说用绳子把他捆起来,送到大队去让大队处理。听到知青们的议论,那个老乡似乎有些害怕了,争辩的声音明显小了许多,但还是不承认自己有错。一个知青冲进来,一把揪住了那个老乡的衣领子:"你犟什么犟,人证、物证都在,还有什么可说的。不用给你上纲上线,这就是偷盗集体财物,上升到阶级斗争的高度看,就是严重地破坏抓革命、促生产的行为,把你送到大队再交给农场保卫组,至少得拘留你几个月。"一听到要拘留,那个老乡就更害怕了,不停地哀求知青,表示再也不敢了,任知青们说怎么处理就怎么处理。抓小偷的知青说:"看你的态度还行,你在这等着,我们商量一下看看怎么处理。"

于是,那个老乡就站在青年点的院子里,双手插在袖管里,缩着脖子,迎着瑟瑟北风,等着知青的发落。几个知青回到屋里商量怎么处理老乡偷场院的事,有的说算了吧,又不是偷粮食,看他那样子也不是惯犯,送大队也不能把他咋的。另一个知青说那就罚他,偷一罚十,罚了实惠。抓小偷的知青说,大家别管了,我知道怎么处理了。抓小偷的知青把老乡叫进屋里,正儿八经地说,队里经过研究,念你是初犯,决定不把你送大队了。老乡不住地鞠躬,谢谢青年,大人有大量,谢谢。抓小偷的知青说,不能偷了白偷。老乡有点发蒙:"那还咋的?""咋的?你家有啥好吃的?""没啥好吃的。"边上的知青也跟着问:"有肉吗?""没有。""有豆腐吗?""没有。"抓小偷的知青说,回家拿点葫芦条,这事就算拉倒。老乡连连答应"行行"。

当时,盘锦农村冬季也没什么好吃的。平时,老农队在田埂上种些豆子,冬天队里做点豆腐是常有的事。其次就是晒葫芦条了。

秋天，老乡家里收获葫芦后，都是用刀刮成葫芦条晒干，只有过年和家里来客人才拿出来吃，是很上档次的一道菜。对抓小偷的知青让老乡回家去拿葫芦条，大家都感觉很有意思，还从没见过这样的处罚方式。一个知青竖起了大拇指，学着电影《地道战》中刘江伯伯扮演的那个伪军司令的腔调说，让他回家拿葫芦条，既能处罚小偷，又能给我们改善伙食，高，实在是高！

午饭前，那个老乡从家拿来了一包葫芦条，抓小偷的知青说，下回再不许到知青的场院去了。按理说，这个袋子是应该没收的。这样吧，袋子不没收了，这半袋子稻瘪子你也拿走吧。晚上，食堂做了一顿炒葫芦条，让青年点留守的几个知青美滋滋地吃了一顿地道的盘锦风味。

远逝的青春岁月

无聊的游戏

十年的大规模知青上山下乡运动，我只经历了它的后半程，到我下乡的时候，知青的生活有了一定的改善，但艰难困苦仍是知青生活的主色调。在艰难困苦之中，知青们看不到出路，生活枯燥且充满迷茫，特别是在我下乡的后两年，许多无聊、消极的东西已经成了知青们的"娱乐项目"。

在我们青年点，知青们百无聊赖，酗酒滋事、打架斗殴，成了一些人最开心的娱乐方式。此外，赌吃、赌喝、赌谁的胆子大、赌谁更凶狠残忍，也是一种消遣。

最常见的，吃饭的时候，甲说我能不就菜吃下三斤米饭，乙立即提出质疑，并打赌说，如果你能不就菜一顿吃三斤米饭，你明天的饭我负责，反之亦然。甲决不示弱，于是一场没有硝烟的战斗开始了。食堂炊事员将三斤米饭盛到盆里，周围看热闹的知青做见证。甲抱起盆来开吃，最初还算顺利，一盆饭吃到一多半的时候，就显得有些力不从心，说太干了，我喝点汤。乙说，那不行，事先说好的,干拉就是干拉,否则就算输。一旁的人跟着起哄,没那金刚钻别揽瓷器活,不行就认栽。甲进退两难,但因为有言在先,也只得强打精神。他松了松裤腰带,尽管每吃一口都要咀嚼半天才能吞下去,撑得脸红脖子粗,但还是把剩下的米饭塞进了胃里。有周围的人见证,第二天乙如约用自己的饭票给甲打了饭,兑现了承诺。

不吃饭的时候也可以赌吃的。一次在水田干活,一个知青在水沟里捉到了一条一匝长的鱼。有人要打赌,具体赌什么已经忘记了,另一个知青硬是把这条鱼吞进了肚子里。还有一次,一个知青说,我能蘸着屄屄(屎)吃蛋糕,边上有人说,那谁谁谁,你那不是有两块蛋糕吗,拿出来,让我们大家看看他是怎么蘸着屄屄吃蛋糕的。于是有蛋糕的知青拿出了自己的珍藏,打赌的知青接过蛋糕,来到屋外,正好不远外有一摊牛粪,他用脚踩了上去,吃起了蛋糕。边上的人说,你也没蘸呀!吃蛋糕的人说,我说的是站着屄屄,有毛病吗?围观的人面面相觑,知道自己是被这哥们儿饶腾了一把。

有的打赌极具恶作剧的色彩。一天晚上风高月黑,有人讲鬼故事,讲得听故事的知青一个个毛骨悚然。一个知青说,太吓人了。另一个知青说,你的胆也太小了,世界上根本就没有鬼,这世界上最可怕的是人,不是鬼。胆小的知青说,你胆子大,今天我看见北边坟茔地谁摆了个花圈,有胆量你把它抬来,你到底敢不敢呀。看热闹的不怕事大,马上有人起哄,赌点啥的,赌点啥的。胆小的知青说，我这有一盒烟，还没开封，你要是把花圈抬来这盒烟就归你，说完大家说说笑笑就散场了。第二天一早知青们一起床看见院子里竟然摆着个花圈，吓得女知青不敢出屋，人们还以为青年点出了什么事呢。重赏之下必有勇夫，胆小的知青只得愿赌服输。

除了打赌，还有人喜欢聚在一起吹牛，知青管这叫"赖大玄"，一些人做的烂事就是在这个时候吐露出来的。一次一个知青在吹嘘自己如何与几个知青打架的事，另一个人不服了，说你那算什么，那次在火车上，面对一群人，我拿出枪刺，左劈右劈，打得对方哭爹喊娘，后来警察来了，我让队里同行的女知青把枪刺藏了起来，查不出打人的凶器，警察也没辙。边上的一个知青更是气不公，说你那是刀，是冷兵器，我遇到的是枪。上次在盘山，我掏一个人的钱包被人发现了，找来了警察，警察抓我抓不着，鸣枪示警，根本就没好使，我一路狂奔，比枪子儿还快，愣是跑回来了。

那年月，一些知青就是用这种方式打发自己无聊的时光。前些年，我把这些讲给晚辈们听，他们竟不怎么相信，但我敢说，这确实是真的。

第三章 知青群体

青年点的"群殴事件"

我目睹的青年点最大一次打群架发生在1977年10月上中旬。

那时，队里的知青已经完成秋收，割完的稻子正一捆捆地戳在地里晾晒着。离往场院背稻子和打场还有一段时间，于是队里就让知青们挖上水线和给下水线清淤，农活相对轻松一点。一天晚上，知青们早已吃过晚饭，我和几个新知青正在青年点的宿舍里有一搭没一搭地说着话。天刚擦黑，借着屋子里散落在外的灯光，我看着院子里影影绰绰有几个人在争吵什么，争吵的声音越来越大，人群忽然散开。接着有人从食堂冲出来，又有人从女知青宿舍的东房山头冲过来，院子里有人手里操着筒锹、木棒相互追逐厮打着，叫喊声连成一片……

宿舍里有一个新知青要出去看看，我立即拦住了他："别出去，黑灯瞎火的，被人误伤了怎么办？"然后一个知青又关闭了室内的电灯，屋里的几个人就这样摸黑向外望着，院子里一片漆黑寂静。不知过了多长时间，院子里传来喊声："有人受伤了！"马号前又是一阵嘈杂，马车很快就被套上了，受伤的知青被人扶上马车，直奔农场医院而去。

第二天，知青们没有按时上工，人们在私下里悄悄议论着昨晚发生的事：群殴中有三个知青受伤，两个脑袋开瓢，一个胳膊骨折，已经坐火车回沈阳治疗去了。县委进点工作队分别找当事人谈话，了解情况。晚上，队里召开知青大会，县委进点工作队的队长讲话，具体讲了什么已没有印象，只记得他把这次群架定义为"群殴事件"，表示一定要严肃处理。

这次事件的起因是，知青队长与一个知青早有积怨。那天队里的团支部开会讨论发展团员的问题，本来团支部要发展谁入团已经与队干部和各位委员沟通完了，大家都没有意见，但在会议上知青队长却明确表示不同意发展那个知青入团，不知是谁把会议的内容透露给了那个知青。晚上，那个知青找知青队长理论，最后导致了两个人的激烈争吵并动起手来。先是那个知青往知青队长的头上拍了一砖头，知青队长的好哥们又给了那个知青一棍子。混战中的一方推倒了劝架的带队干部，误伤了一个拉架的知青。

这是群殴事件发生的具体原因，但我觉得青年点发生这么大的群体性殴斗，一定有着更深层次的原因。

我们青年点的群殴事件，最终没有进行处理。对此有各种说法，农村的基层组织对知青群殴已经见怪不怪，懒得处理这样的问题，也有可能是参加群殴的知青家长都比较熟络，家长之间已经达成了某些谅解，还可能是因为这次事件的直接当事人有刚刚入党青年队的知青队长，队里处理起来有很大难度。

第三章 知青群体

青年点的两次翻车

在我下乡期间,我们青年点遭遇过两次翻车事故:一次是马车侧翻,另一次是小"手扶"扣到了沟里。

马车侧翻发生在我下乡后不久。当时正是开春时节,队里组织知青到"总干"抢黑土。所谓黑土就是经过淡水冲刷在干渠中沉淀下来的颗粒状的土壤,队里育苗时用它做隔离层的底层土和上边的覆盖土。白天,知青们在冻得像水泥似的干渠底部把最上面一层化开的土用铁锹抢下来,堆成一堆,在大家收工前用马车把它拉到队里的育苗地。那天,是队里的车老板三哥赶车,翻车实在是个不该发生的故事。

事后我听说,那天晚上车刚一装完,一个老知青就手痒了:"三哥,给我赶一会儿",车老板很不情愿。车老板三哥是远近闻名的车把式,平时,他很少把自己的鞭子交给知青,因为赶车是个技术活,赶车的人不仅要了解马的习性,还往往要与拉车的马形成一种默契,一般车老板都不喜欢让别人碰自己的马,怕把马使唤坏了，男知青顶多也就是混个跟车装卸。但那个老知青曾经在马号喂过马，跟车老板的关系比较近。尽管心里不太高兴，车老板还是不好驳他的面子，于是就把赶车的鞭子递给了那个老知青。当时天将黑未黑，那个老知青赶着载着黑土的三套车从干渠底下沿着坡路向上冲，大儿马不停地刨着前蹄，打着响鼻。就在马车即将到达坡顶时，车体突然出现"拧腔"（侧滑），大儿马失去平衡，随着一声凄厉的嘶叫，重重地摔到坡下，马车也翻了过来，两轮朝天。在场的知青发出阵阵惊呼，车老板和那个老知青看着倒在地上痛得不停发抖的大儿马都傻了眼。不幸中的万幸是在场人员没有伤亡。车老板和几个知青连夜把摔伤的大儿马送到场部兽医站救治……

按理说，队里出了严重事故，给集体造成了重大损失，处理相关人员和总结教训是免不了的。但由于车老板是队里老农队长的亲弟弟，最后的结果是不了了之，知青们等来的结果是开怀地吃了两天马肉。

小"手扶"扣到沟里发生在我下乡的后两年，当时知青刚刚参加完县里的水利工程建设。在回来的路上，队里的手扶拖拉机载着行李和几个新知青往回赶。车走到半路，知青队长突然兴致高涨，要自己亲自驾车。这种手扶拖拉机的柴油机全部压在车头，没有方向盘，仅靠驾驶员左右两手各拉着一个把手，把握方向，不熟练的人很难掌控。知青队长要驾车，驾驶员岂敢不让？驾驶小"手扶"的知青说，平时我就不愿意让他开车，因为一旦出了事故我就有责任。有一次他要开车，我只好事先把车开到了水坑里，给车设置了故障，让他开不成车，但这次是实在拗不过他了。知青队长美滋滋地坐到了驾驶员的位置，加满油门开足马力，小"手扶"排气筒喷着黑烟，突突突地在崎岖不平的乡道上颠簸着，知青队长没有减速，车上的知青惊恐万状，谁也不敢阻止知青队长的疯狂行为，甚至不敢提醒一下。一会儿，小"手扶"上了油田的柏油路更是风驰电掣。突然，就在小"手扶"与迎面开来的车辆会车时，车头一歪冲向了路边的水沟，然后又折返向上，车身随着车头栽向一边，接着就扣到了路边的水沟里，车上的知青还没来得及反应，或被甩到了一边，或直接被车身扣在沟里。知青队长吓得小脸惨白，腿肚子都转了筋。据后来驾驶小"手扶"的知青回忆，当时为了多拉行李，小"手扶"货厢左右和车后三面帮上了木架，扣车时木架架在了水沟两边的坡上，车厢没有直接扣到沟底而是悬在了半空，否则人员伤亡在所难免。

又是不幸中的万幸，此次事故没有造成人员伤亡。知青们拦住了路过的一辆拖拉机拉出了小"手扶"，几个人用绳子连拉带拽费了好大的劲才把扣到了沟里的行李拖上岸来。待小"手扶"上的知青走回青年点时，一个个像落汤鸡，有的人还没从惊吓中缓过神，说起话来竟语无伦次。小"手扶"事故最后也没有结果，甚至连批评教育都没有，更没有对给知青造成的经济损失做出任何赔偿。

两次翻车事故至今还让人心有余悸。

远逝的青春岁月

由《队歌》想起的

红旗舞东风,

青春似火红,

我们姜家有志儿女,

扎根农村干革命。

学习大寨,我们艰苦奋斗,

改变江山,我们自力更生。

在姜家干,让姜家变,

用双手绘出地球红。

前进,向前进,

我们是改天换地的新愚公。

这是我们姜家青年队的队歌,作于1976年,由我们队的男知青马力作词,带队干部老袁作曲。歌曲的旋律明显借鉴了七十年代初的电影《第二个春天》音乐的主旋律,歌中的"在姜家干,让姜家变"是我在下乡后提出的口号,当时就写在老青年点土坯房的黑板报上。那几年,青年点或大队一有大型活动,队里的知青就集体唱这首歌,用现在的话说,这首歌充满了"正能量"。几十年后,常跟有知青经历的同事、同学在一起聚会,谈到上山下乡的往事,酒酣耳热时我都会给大家唱几首知青的歌,其中就包括《姜家青年队队歌》。

每当唱起这首歌,我都会想起当知青的日子,特别是1976年队里知青围绕扎根问题发生的争论。

那年,辽宁的知青典型柴春泽提出了要"扎根农村六十年",全国很快掀起了一股表态"扎根农村"的热潮,报纸上连篇累牍地报道着各地知青"扎根农村"的事迹。据说,当年辽宁的知青典型柴春泽和吴献忠还来到盘锦,宣讲所谓的"继续革命理论",号召知青要扎根农村。我所在的农场、大队以及青年点也陆续召开了一些会议,传达上级精神,要求知青们表态。印象最深的是,为了落实上级的要求,我不仅在队里的会上发了言,还组织几个知青出了一期以介绍知青先进典型和号召知青要扎根农村干革命为主要内容的黑板报,并计划在青年点的大墙上用红色油漆写上大字标语。

一天晚上,青年队的知青队长找我理论,当着众多知青的面,他对我在会上的发言表达了强烈的不满,我们两个人为此发生了激烈的争论。我记得,最后他对我说,扎根农村六十年,你能做到吗?现在青年点里谁不想早点返城,你难道愿意在农村待一辈子吗?你敢对着灯泡说你愿意待在农村、永远不回去吗?问得我哑口无言。

对此，我内心纠结了很长时间。当初我们都是怀着"接受贫下中农再教育"的虔诚心情下到农村去的，希望通过火热的劳动生活锻炼，把自己打造成革命事业的合格接班人。但走进了广阔天地，我很快就发现自己的理想和社会现实的反差太大了，我们所要承受的不仅是农村的艰苦生活，主要还是不知道自己的前进方向和目标，不知道自己的彼岸究竟在哪里？

按照原定计划，第二天要在青年点男女宿舍的大墙上刷写一米五见方的大字块，我原打算根据从柴春泽文章摘选的那句话，写上"彻底决裂旧观念，扎根农村六十年"，经过了与人的争论和自己的思索，我临时改变了主意，将大字块的内容改为"扎根农村干革命，广阔天地炼红心"，觉得这样既符合上级组织的要求，也比较符合实际，更加稳妥一些。

第四章 我的经历

第四章 我的经历

身不由己做"诗人"

"少年不识愁滋味,为赋新词强说愁。"我几乎正好相反,少年尽尝愁滋味,偏偏不会写诗,更不想写诗。现实就是这样,你不想做的,又不得不做,于是乎在插队四年中我做了知青"诗人"。

从我下乡那年开始,全国推广湖南株洲经验,实行厂社挂钩,我下乡的安置、组织都由我父亲的单位沈阳北站负责。

9月2日,我们近千名铁路系统的应届毕业生和一些家长坐上了沈阳铁路局特意安排的知青专列奔赴盘锦。从沈阳到盘锦约四个小时的行程,一路上,列车播音室不仅播放了震耳欲聋的革命歌曲,还举办了赛诗会。我记得当时带队的一位车站领导找到我,说你看别的单位的都写诗了,我们差啥,你也写一首。我说,我不会写诗。这位领导说,我们早就了解了,你爱学习而且能写。我确实不会写诗。双方僵持了好一会儿。随行的一位家长小声劝我,言外之意,领导让你写是看得起你,不写就会给人造成不知好歹的印象。看来不写是肯定不行了。知青专列在铁道线上向南飞驶,车轮

139

撞击着铁轨发出"咣咣"的声响,望着车窗外疾速闪过的景致,我开始搜肠刮肚地构思自己的诗作。忽然我想起了我中学毕业前一位同学赠给我的一首词。于是在腹中将其进行了改编,并在车厢的小茶几上把它写了出来,然后交到了列车播音室:

浪淘沙·出征

红旗卷狂澜,
遮地漫天。
广阔天地大进军,
一颗红心一身胆,
马叫人欢。

战士出征前,
万语胸开。
革命激情泛无限,
一马当先向天边,
跟党向前。

由我改编的词经过列车播音室的广播,自然在沈阳北站的知青圈里引起了轰动。从此我被扣上了"诗人"的帽子,它像一根绳索牵着我不停地改编,为此我苦恼了好长一阵子。但是"写诗"也给

第四章 我的经历

我带来了好处,就是队里农活最累的时候,我可以因为"写诗"而得以喘息,不去干活还能拿最高的工分。当时在盘锦乡下,干不下水田的活就是俏活儿了,向队里负责派活儿的头儿请客送礼在知青中非常普遍。我曾戏谑地说,我不用拉关系,我凭"手艺"吃饭。写写画画就能拿最高工分,应该是俏活儿中最俏的活儿。

有一年秋收开镰。收割时知青们一字排开,每人割五条垄的稻子,稍不留意就会被人落在后面。女知青还好,有热心的男知青帮忙,男的不但不会有人帮,大家还会嘲笑你干活儿不顶硬儿。每天稻叶和稻芒把你的手掌刮得、扎得血肉模糊,把手指头磨得几乎透明,不敢触碰东西。晚上,腰疼得睡不着觉,只好把枕头垫在腰底下。这个时候叫秋收大会战,大队的广播里不时报告着各队的收割进度,涌现的好人好事。就在这时队里安排我向大队广播室投稿。于是,在大家挥汗如雨、累得狗爬兔子喘的同时,我在青年点的宿舍内,卷上一支老旱烟,将记忆中我的中学老师填的一首词以及毛主席的词糅在一起并进行了改编:

清平乐·收割

秋高气爽,
姜家收割忙。
喜看稻菽涌金涛,
丰收景象在望。

远逝的青春岁月

广阔天地战场，
革命斗志昂扬。
今日志在盘锦，
青春永放光芒。

后来，报上开始介绍和推广小靳庄农民赛诗的经验，赛诗活动成了一件很时尚的事，写诗也被当地干部更加看重。记得在修筑辽河大堤时，我填过一首词。当时我正在骄阳似火的工地上，剃着秃头，穿着短裤，赤裸着脊梁，将河床泥装入草袋，扛到堤上。晚上回到住地，上炕时腿都抬不起来，我终于知道了什么叫累得上不去炕。那时，整个工地，到处都插着红旗，广播中播放着激昂的革命歌曲，不时还播送着各队的决心书、挑战书、应战书，热闹非凡。老农队长找到我，说写个稿吧，表扬表扬，给大家鼓鼓劲。表扬什么他说不清楚，觉得广播里应该有我们队的声音。于是我就心安理得地离开了热火朝天的水利建设工地。其实我早已打好腹稿，但没拿出来，在住地假装冥思苦想，整整休了一天。我把我在念中学时在学校黑板报上看到的一首词进行了改编，并移植了水利建设工地的内容：

满江红·抢修辽河大堤

浩浩荡荡，

千军万马上战场。

红旗展,

歌声嘹亮,

赫赫篇章。

辽河大堤骤然起,

铜墙铁壁挺身立。

正耿耿锐气征战酣,

志如钢。

争时间,

保质量,

炼红心,

铸臂膀。

喜讯工地传,

捷报张张。

预定任务提前完,

学理论路线是纲。

要再鼓干劲夺分秒,

奔前方。

女广播员在念这首词时,还特意配了音乐。

我做知青期间有没有自己原创的诗词?回答是肯定的。那时也不懂什么诗词格律，就是敢写，而且大多数诗词都缺乏形象思维，语言也不够精练，更不用说什么诗词的意境了，许多诗词都像是在喊空洞的政治口号。那些诗词我早已遗忘殆尽，唯独我改编的诗词没有忘记，因为至今我还对那些诗词的原作者心存一份感激。在青年点，我除了"写诗""填词"外，还写了大量的新闻报道、大批判稿、经验总结、决心书、挑战书、应战书，利用这个时间，我开始读书学习。这些都为我后来被选中到学校当代课教师以及恢复高考后考上大学创造了条件、奠定了基础。

知青生涯的第一课

刚下乡的我，身体还不够强壮，干活也不是一把好手，割稻子时常常被落在后头，挖水沟时最后完工的几个人中肯定有我的身影。这种情况如果是别人也就罢了，但这种事发生在我身上就是个问题。对此，反应最强烈的是知青队长，在他看来，一个人说起话来头头是道，干起活来也应该是呱呱叫，活儿干得不好，说得再好那也是理论脱离实际，只会玩虚的。

一次，知青们在一起挖下水线，我被分派了最不好干的地段，水沟里长满了芦苇，淤泥中芦苇根纵横交错。老知青们筒锹磨得飞快，左一下右一下，唰唰唰，一会儿就挖了好长一段。我呢，拿着还未开刃的新筒锹，臂力又明显不足，加上苇茬扎手，费了好大的劲也没挖多少土方，弄得浑身上下都是泥。看着我笨拙又吃力的样子，知青队长冷嘲热讽，我马上回敬了几句，大意是我确实干得慢，但我一点也没少干，再说如果我样样都干得好还下乡锻炼干吗，惹得他很不高兴。几天后队里搞新老知青联欢，在妇女队长宣

远逝的青春岁月

布娱乐晚会（她把娱乐的"娱"说成了"误"）开始不久，轮到了我出节目，实在推脱不掉，我就唱了一首《我爱这蓝色的海洋》，唱着唱着就跑了调，知青队长当着大家的面又挖苦了我一番，这文化人唱歌居然也跑调，我看再使使劲就快到沟帮子了。我自然是很不服气，唱不唱是态度问题，唱得好坏是水平问题，唱总比不唱强。让知青队长大为光火。后来，我还专门找到知青队长，检讨自己说话不太注意时间、地点，也不讲究方式方法，并征求他对自己的意见。这个知青队长很不以为然，原本发红的脸涨得更红，我是个大老粗，我只注重实际，我是对事不对人，我对任何人都没意见。结果谈话不欢而散。

这个知青队长的名字我早已忘记了，只记得他一米八几的个子，外号叫"大红脸"。该人本不是我们青年点的知青，由于在他们队里属于说打就打的那一类，不知是他们队里觉得不好管理就把他"推荐"出来，还是大队觉得我们队缺一个能压住茬的人来当知青队长，反正是大队派他到了我们青年队。有大队领导做后台，这个知青队长说起话来很冲，办起事来也很霸道，其他队干部自然都让他三分，一些新知青更喜欢围拢在他身边，听他吆三喝四，他更加有恃无恐。

队里每次派活，最不好干的活他一定要分给我，我不仅比别人多出许多力，更出尽了洋相。真是秀才遇到兵，有理说不清，当时有一种很强的挫折感。对此，带队干部老刘看在眼里，做了许多工作但并未奏效。面对这样的处境，作为一个新来乍到的知青，我别

146

无选择，只能承受，以至于后来这个知青队长再分派什么活给我，我都平静地接受，并尽自己最大的努力去做，他再说些什么我也不去回应，慢慢地"熬"过那段日子。

这是我刚下乡时的一段经历。我的知青生涯的第一课，不是农业生产，也与阶级斗争毫无关系，而是对人生逆境的体验，它让我学会了为了生存必须面对现实，坦然承受但决不退缩。

几个月后，这个知青队长在招工时被抽调回城。当然，他占用的是我们队知青的招工指标。

远逝的青春岁月

我为知青战友"代笔"

　　刚下乡的时候,队里的几个"文化人"就忙开了:为知青代笔写信,给家里报平安。我也算是队里有点"墨水"的人,也代人写了不少的信,有时还代人写点其他的。其中记忆比较深的有两次。

　　一次是代人写情书。

　　那是一个"雨休"(农村没有休息日,只有下雨天才休息,所以叫"雨休")的下午,一位知青神神秘秘地来找我,要我代他给女朋友写信。我说,那个女的姓谁名谁、长什么样我都不知道,咋写?再说,你给她写信想干什么?这位知青吞吞吐吐说了好半天我才听明白,他和邻家的女孩偷偷交往了好长一段时间,还没确定恋爱关系。我说,明白了,你们彼此心知肚明,但没挑明关系,中间隔着的窗户纸需要捅破。他连连点头称是。

　　这是我破天荒第一次代笔给人写情书,怎么写,基本是以前从书本上学的那点积累,再根据自己的一些想象。他在一旁笔墨侍候,我正襟危坐,装出一副情场老手的样子,开始打腹稿。虽说代写是"为他人作嫁衣裳",但我一点儿也不怠慢,字斟句酌,尽力表达出他对情人的倾慕和爱恋。先是问候对方,情意绵绵地询问冷暖,再是简要回顾交往过程,最后表达爱意,几乎是一气呵成写完了情书。我记得,当时我把"海可枯,石可烂,忠于你的红心永不变""红花并蒂,比翼齐飞"这样的词句都用上了。

有情人终成眷属,后来这位知青和他的女友确立了恋爱关系,返城后两人终于走到了一起。

另一次是代人写检讨书。

秋收时节,和我同宿舍的一个知青偷了邻队场院的豆子,被人告发,但具体是谁一时还无法确定。豆子是在我的宿舍里发现的,我当然脱不了干系。

大队把它当作阶级斗争的新动向来对待。找我谈话的是刚提升为大队主管知青工作的女副书记。该人泼辣强悍的做派有点像电视剧《北风那个吹》中阎妮扮演的女书记牛鲜花。她一脸的阶级斗争,先是威胁,说如不坦白交代,对我先是批斗,然后送交农场保卫组处理。豆子不是我偷的我当然不能承认。女书记见硬的不行,又来软的,说青年点食堂平时有饭没菜的,知青弄点豆子私下里改善一下伙食也没什么大不了的,并承诺如果我承认了,可以从宽处理,这事她完全可以做主。从宽从严是你们的事,不是我干的,这件事与我无关。女书记的态度有所缓和,说如果不是你,总知道是谁吧?我说,不知道。其实我知道豆子是谁偷的,但我不能说,我不想做卑鄙的告密者。

远逝的青春岁月

后来，偷豆子的知青经不住"恐吓"，自己交代了问题。过了几天，偷豆子的知青找我，让我代他写检讨书。我当时就予以回绝。我说，豆子是你偷的，我差点蒙受不白之冤，还要为你写检查，凭什么？偷豆子的知青苦苦哀求，并给我送烟、打饭。最终经不住他的软磨硬泡，我终于为他代写了检讨书。先是交代"作案"过程，然后深挖思想根源，再上纲上线说这种行为的危害，最后表示改正错误的决心。检讨书交上去了，由于检讨深刻，偷豆子一事被压了下来，没有进行组织处理，偷豆子的知青也由此躲过一劫。后来女书记跟我们队的知青混熟了，我也和女书记成了无话不说的好朋友。她告诉我，她后来知道了是谁给偷豆子的知青写的检讨，说没想到我们知青还可以把检讨书写得那么好。

为知青战友代笔，使平时喜欢舞文弄墨的我找到了用武之地，也得到了意外的收获，常常会有人给我送烟、打饭，如果为老乡代笔，条件稍好一点的还会为我炒上两个鸡蛋甚至烫上一壶酒。在那个无视知识的年代，我感受到了知识的"力量"，也得到了实惠。

第四章 我的经历

我投了自己一票

　　我下乡后不久，队里鉴于知青人数的增多，决定组建团组织。我记得团员大会是在姜家村老青年点北边的一户老乡家召开的。参会的团员坐在老乡家的通铺火炕上，先是读报纸、读文件，接着带队干部老刘讲话。老刘在带队期间兼任着我们大队的党支部副书记。老刘主要是强调建立团组织的意义，提出青年队团支部书记和团支部委员的候选人名单，我被提名为团支部书记的候选人，委员的候选人也是两个新知青。老刘还简要地介绍了候选人的有关情况，然后参加会议的团员进行讨论。

　　我记得，在讨论时出现了很大争议。参会的老知青不同意我做团支部书记的候选人，有的认为我刚刚下乡，到底能力水平如何大家都不了解，有的表示在青年队建立团组织还是选择一个老知青做书记更好，总之就是对我做青年队的团支部书记没有看好。看到参会的人员没有形成一致的意见，特别是老知青对队里提出的候选人提出质疑，老刘显得很恼火，讲起话来也特别激动，大意是团支部

远逝的青春岁月

候选人的名单是队领导班子认真研究并经过大队党支部同意的，这些都是根据本人的一贯表现和从有利于队里工作的角度考虑的，老知青的担心没有必要。一个老知青说，既然你们领导都决定了还让我们讨论什么？说着说着，这个老知青就和老刘争辩了起来。老刘不时地用手托着自己的眼镜，说话的声音都变了调。参会的新知青都不敢吱声，静静地听着。

过了一会儿，另一个老知青开了腔：既然大家有不同意见，总不能这样僵持着，我提个建议，那就举手表决。几个老知青附和着。无奈，老刘只好接受了那个老知青的建议，举手表决。说来也是巧合，当时开会时，炕头坐着的都是新知青，炕梢坐着的都是老知青，我正好坐在新老知青中间，当老刘说同意我当团支部书记的请举手时，我发现我右边的七个新知青都举起了手，我左边的七个老知青都没有举手，同意和不同意的票数正好相等。大家的目光都投向了我，当时我心里有些纠结，按说在决定我是否当选的问题上我不该表态，以表示自己的谦虚谨慎。突然我想起了看过的一个电影纪录片，纪录片里说，在选举时毛主席投了自己一票，我想既然伟大领袖毛主席都可以投自己的票，我也可以投自己的票。于是我举起了手，投了自己一票。同意的人都举着手，老刘让一个新知青和一个老知青清点了举手和没举手的人数，然后老刘宣布，参加团员大会十五人，赞同票八票，超过半数，通过。就这样我当选了青年队团支部书记。选举团支部委员很顺利，选举结束后，老刘立即宣布散会。

回到青年点后，老刘又和跟他争辩的老知青发生了激烈的争吵，引来了很多知青围观。晚上，老刘找到我，老刘说今天会上发生的问题是严重的无组织、无纪律行为，这是决不能允许的，他要向大队党支部汇报情况，对扰乱会议的那个老知青做出严肃处理，并让我将会议的整个情况形成文字材料。老刘要对和他争吵的老知青做出组织处理的消息很快就在青年点传开，我们都为这个老知青捏了一把汗。

据这位老知青和老刘回忆，最初他们的关系一直很好，老刘也比较欣赏这个老知青的才干。一次在割稻子的时候，这个老知青很快就割到了地头，正坐下来休息，而此时我还没有割完，老刘要求这个老知青去帮我一下，由于老刘的态度比较强横，老知青并没有理睬他，情急中老刘上前去拉扯他，于是两个人发生了小小的肢体接触。这次矛盾最后演化成了会上及会后更为激烈的矛盾冲突。后来这个老知青回了沈阳，一个女知青写信向他传递了带队干部准备对他进行组织处理的消息，很快这个老知青和他的父亲赶到青年点，和老刘进行沟通，还找到大队党支部书记说明情况，一场风波由此平息。

担任团支部书记后，我工作格外努力和认真，一方面我觉得自己不能辜负大队党支部和队领导班子对我的信任，另一方面也觉得应该用自己的工作成绩来扫除那些老知青对我担任团支部书记的担忧。

多年之后，说起往事时有人问我，当年为什么队里要提我当团支部书记？说心里话，我也不知道为什么，可能是因为我在念中学时做过学校的团委委员，队里觉得我有过团的工作经历的缘故吧。那为什么要自己投自己一票？是自己有着超乎寻常的自信，还是觉得不应该让队里的提名落空从而威信扫地？是，又都不是，当时是赞同和反对的票正好相等，我不投自己一票我得的票就不能超过半数。

一段还没开始就结束的初恋

她曾是我的"绯闻"女友。也许是同属于文学青年的缘故吧，闲暇时我们常常聚在一起交流读书体会，谈论外国作家，甚至还一起背诵古今中外诗人的诗句。后来她要求看我的日记，并时不时地在我的日记上写下励志的话。

那时我们都是队里积极要求上进的青年，工作上互相配合得也很默契，但偶尔也会因为工作发生一些小争执。有一次，我们因为工作上的事出现了不同意见，以致开始争吵。后来吵得很凶，彼此互不相让。情急中她甩出一句：我不想跟你吵，有娘养没娘教的家伙。当时我就感觉自己最柔软的地方被人戳了一下，实在不是滋味。难道没娘的孩子就不能跟人争辩，难道有娘养没娘教是我的过错？只知道自己有娘养有娘教，怎么可以瞧不起有娘养没娘教的孩子？我呆呆地站在那里，不知时间过了多久。

后来，很长时间我都陷入沉思之中。有妈的孩子永远不会了解没妈的孩子的苦衷。我小学二年级时妈妈因病去世。妈妈最后一次住院时，可能是知道自己来日无多，用医院废旧的胶片做了许多小玩具送给我玩。她告诉我以后如果有了后妈，一定要听后妈的话，要好好学习，将来考上大学。没想到这竟成了妈妈的遗言。那时，放学回家我总是不由自主地冲着空荡荡的屋子大声呼唤妈妈，而后又马上意识到妈妈不可能再回应自己，泪水不禁夺眶而出。没了妈妈生活显得格外苦闷和凄凉。每当看到其他孩子亲昵地依偎在妈妈身边，我总是要悄悄地走开，唯恐引起自己的酸楚。邻居家的大人做着"吓唬"人的动作逗孩子们玩，等轮到我了，大人往往会停下来，我知道，我跟别的孩子不一样，我没有妈妈，大人不想"吓唬"我，感到心里一阵阵的战栗。一位小学老师，对我特别关心，一次学校组织学生到东陵阶级教育展览馆参观，在敞篷汽车上见我衣服穿得少，冻得瑟瑟发抖，她把自己的棉大衣脱下来披在了我的身上，感动得我直想叫她妈妈。到同学家去玩，我常常偷看同学妈妈做饭，想象着自己妈妈做饭的模样……

没有妈，这是我的痛。瞧不起没妈孩子的人，我永远不会原谅！此后，我再也没给她看过我的日记，也没向她借过一本书。单独相处时，我只谈工作，没说过一句多余的话，跟她小心地保持着距离。后来，她多次找到我，追问她哪儿得罪我了，要求我有意见当面说出来，甚至批评我心胸不够开阔。我没做任何解释，也不愿争辩，因为不想告诉她我内心的感受……

若干年后，已经为人父为人母的我们在沈阳的大街上不期而遇，彼此礼貌地相互问候，简要地介绍自己工作和生活情况，感慨着时间的飞逝，对知青时期的那段经历谁也没有提及。

第四章 我的经历

我为打人一事深深自责

下乡几个月后，队里安排我做伙食长。对此，我极不情愿，主要是对于做饭炒菜的事我一窍不通。队里的领导说，又不是叫你动手去做饭做菜，伙食长就是管理，你要尽力把知青伙食搞得再好一点，可别辜负了队里对你的希望。仓促之中，我当上了伙食长，那年我十九岁。

做伙食长，我做得并不得心应手。但我敢说我是尽了自己最大的努力。为改善伙食，冬天，我们求部队农场派汽车到北镇给青年点拉白菜，利用沈阳北站管理十二线铁路专用线的关系，到沈阳干鲜蔬菜果品公司扫散落在地上的碎粉头。从沈阳拉回来的碎粉头，一部分留下给食堂做菜用，一部分拿去跟周边的老乡置换其他蔬菜。从这时开始，青年点的饭菜比过去稍微改进了一点儿。每次食堂开饭，看着知青们吃得香喷喷的样子，我的心里也和大家一样高兴。这期间，我也跟炊事员学习做饭做菜，忙的时候，帮助烧火。后来我练就了一手焖大米饭的绝活。焖大米饭，米下锅时，要掌握好大米和水的比例，火烧得要旺，开锅后要及时翻动，然后及时撤火，这样做出的米饭不软不硬、口感好。

做伙食长之前，知青私下聊天，对青年点食堂意见颇多，伙食不好是其次，主要还是饭量不足、一些进点老农蹭吃喝以及食堂人员偷拿东西送人。我上任后，要求炊事员在打饭时，一定要保证米饭足量，进点老农包括老农队长在食堂吃饭要交饭票，还坚决杜绝了食堂的跑冒滴漏，加强了青年点食堂的管理。

在食堂的日子里也不是样样顺心，曾经发生过这样一件事：在青黄不接的时节，食堂几乎没有任何蔬菜，只好在沈阳买了几坛子豆腐乳。这些豆腐乳被锁在食堂的仓库里，必要时才拿出来，吃饭时给知青外加一块豆腐乳。在那个时候，一块豆腐乳也是好东西，特别是就大米饭吃风味独特，开胃下饭。

中午，大家的饭都打完了，食堂的炊事员开始吃饭。这时一个女知青来了，让我们再给她来一块豆腐乳。炊事员说，刚才不是给你了吗？没了，掉地上不能吃了。既然没了，就再给拿一块吧。女知青走后，另一个知青来到食堂，我也再要一块，每人一块，为什么给她两块？我终于发现了真相，再问，这个知青说，现在那个女知青正在寝室吹牛呢。我拎着饭勺子，强压怒火出去，想看个究竟。进入女知青的寝室，只见她背对着门，不知有人进来，正一手端着饭盒，一手拿着筷子，几乎手舞足蹈，对着同寝室的人说着，我一块不够，又要了一块，他们敢不给我呀！太不像话了，骗人、得便宜卖乖，我压在心头的怒火终于爆发，对着她的臀部就是一脚,女知青猝不及防,一个狗啃屎扑倒在地,手里的饭盒和筷子甩到了一边,饭也撒了一地。当时我和女知青之间都说了些什么,现在忘记了,只记得她又哭又闹,而我还要拿勺子拍她,周围的知青很快把我们给拉开了。

冷静下来后,我非常懊悔,这个女知青一定是被我凶神恶煞的样子吓坏了。一些老知青批评我说,别人做得再不对也不该打人,尤其是打女知青。是啊,打女知青算什么本事。自己的女儿在外被打,做父母的听到消息该是怎样的焦急和牵挂。因为多要了一块豆腐乳而被男知青打了一顿,将来被人说起会让人多难堪。好长时间我都处于自责之中,我最为惭愧的是竟没有勇气向她当面道一声对不起。

现在,回想起青年点时期的那段往事,心中仍是愧疚。怪我那时年轻气盛,做事不计后果,行事鲁莽甚至野蛮。也不知被打的女知青现在在哪儿,她还好吗,今后如果有机会见到她,一定向她表达自己真诚的歉意。

远逝的青春岁月

看书、买书、偷书

我喜欢阅读，但下乡的时候，竟然没带一本书。一方面我感觉在农村一年四季农活那么忙，哪有时间读书；另一方面唯恐因为读书给贫下中农留下不好的印象。在农村生活了一段时间后，初到农村的兴奋和新奇很快被经年累月的体力劳动和艰苦的生活所耗尽，精神生活贫乏，特别是对前途的担忧渐渐地使自己陷入莫名的苦闷之中。自然而然，读书就成了填补自己精神空虚的途径。这时我就从家带来一些书，在农闲的时候读，以充实自己的精神世界。

最初根本就不敢读禁书，只读那些公开发行的，如《马克思传》《鲁迅杂文选》、郭沫若的《李白与杜甫》、贺敬之的《放歌集》以及浩然等人的作品。即使是这些书也不能在公开场合看，只能在寝室里偷偷摸摸地看，听到有人来了，马上把书藏到褥子底下。当时的青年点是一片文化荒漠，许多人还是以一种批判的态度来看待读书，读书被认为是不务正业、缺乏扎根思想、革命立场不坚定的表现，如果读得好了会说你是走"白专道路"，容易受到歧

第四章 我的经历

视和鄙视。有时候,有些身边的人也得提防。我常常是读书的时候书不离手,暂时不看就马上锁到箱子里,偶尔忘记了,就可能被人撕去几页,不是拿去卷旱烟了就是拿去上厕所当手纸了。

时间长了,我发现青年点里还有别的知青在读书。于是我就从家里带来了一些老书、旧书来读。但还是不敢明目张胆地看,看书的时候,就用一些政治性很强的宣传画来包书皮,以便掩人耳目,不知道内情的人还以为你在看当时的革命书籍呢。手头的书读完了,就趸摸和别的知青交换图书来看,实际上真正愿意跟你交换的人很少,因为当时看的多是一些禁书,人们彼此之间不免还有所戒备。那时每次去盘山县城我总要到县新华书店去逛逛。碰到了自己喜欢的好书,就想方设法买下。印象最深的,有一次我去盘山县城,具体办什么事早已忘记了,只记得办完事后我去逛书店,在书店的货架上我看到了范文澜的《中国通史》。当时手头只有一两块钱,掂量再三,我还是决定把它买下来,尽管买完书后,我连吃午饭的钱都没有了,晚上如果火车站把守得很严,没钱买票,我很可能就回不了青年点。书买来后,我发现自己根本就看不下去,但一点儿也不后悔,似乎有它在身边心里就踏实很多。还有一次,电台的广播中说,《陈毅诗选》已经出版,近期将在全国各大城市新华书店发行。此时正好有一个知青要回家,于是我向别人借了几块钱,求回家的人为我代买这本书。

再后来沈阳北站在青年点建起了一个图书室,买了一些图书让知青们在业余时间读。图书室设在队里经常开会的屋子里,由一个知青负责管理。有了图书室,知青们终于可以光明正大地读书了。每天晚上,我都和一些知青到图书室看书学习。在图书室看书,受时间的限制,觉得很不方便。我跟管理图书的知青说,在图书室看书,时间有限,希望能带回寝室去看。那个知青说,书是不能带出图书室的,这是规定。我也觉得人家说得有理,但看到那本书心里就痒痒的,就是想平时一有空就读上几页。一天晚上,到了图书室开放的时候,我就穿着背心、短裤去看书,管理图书的知青把图书从书箱里拿出来,摆在桌上,供大家自由翻阅。趁屋里只有我一个人而管理图书的知青又临时到室外的短暂时间,我将我想借而没有借出来的书,藏到了屋里炕上的一个箱子后边,其间又有一些看书的知青进进出出。待管理员回来,我把自己翻看的一些图书送回了原处,就空着双手,哼着歌离开了图书室。阅览时间结束后,管理图书的知青在清点图书时,发现少了一本,就来问我,是否看到了那本书。书少了一本,跟我毫无关系,因为我是空手去空手回的,而且还穿着背心、短裤,书根本就带不出来,他没有任何理由怀疑是我拿了图书。几天后,图书室无人,我伸手从炕上的箱子后边拿出了那本书。

那个时候看书真是饥不择食,没有学科的限制,有什么就读什么,没有明确的目的以及后来所说的职业取向,纯粹是为了打发无聊的时光。恩格斯的《反杜林论》、斯诺的《红星照耀中国》、艾思奇的《大众哲学》、巴甫洛夫的《高级神经活动学说》、凯洛夫的《教育学》、华罗庚的《优选法》、杨国荣的《中国古代思想史》以及《赤脚医生手册》《农机修理常识》，都会让我读得津津有味。在那个知识贫乏的时代，尽管形只影单没有"小芳"的陪伴，看不到自己的出路在哪里，但书籍就像我知心的好友"伴我度过了那个年代"，同时也使我的心灵经常充满浪漫和温馨的幻想。

远逝的青春岁月

那次被打之后

1976年秋后，青年点的知青到县里的一个水利工地出工，任务是挖一个长五六十米、宽二十多米、深两米的沟，挖出的土做堤坝。为了激励知青多干活，队里给知青分成了两个作业组，每半天分一次土方活，哪个组干完了哪个组先收工。于是两个组的知青都铆足了劲，膘着膀子比着干，劳动效率明显提高。

几天下来，我所在的作业组总是比不过另一个组。平时，知青们根本不在乎干多干少，但看到另一伙人干完先走，在心理上无法接受，再加上那个组的人说一些讽刺挖苦的话我们就更受不了了。组里有的知青就开始说怪话，兵强强一个，将熊熊一窝，认为我们作业组干不过对方主要是作业组长的责任。实际上，看到自己的组经常败下阵来，我也非常焦急，帮作业组长分析原因，每次分活时，那个组总是先挑活，好干的活都被他们挑走了，不好干的留给了我们组，我们当然干不过人家了。我说，我平时干活时不太计较分给我的活，多点少点好干不好干一般都不在乎。但事关全组知青

第四章 我的经历

利益的事，我们都必须得较真。

从那以后，队里每次分活，我们组都认真起来，和那个组的人争长论短，绝不相让，有时争得面红耳赤。一天晚上，即将收工的时候，两个组的人又发生了争执。在两个组土方交界处，你多干了一点我就少干，我多干了一点你就少干，问题是谁也不想多干一点。我看自己组的作业组长有些胆怯，自己就和对方组长较起劲，后来双方竟动起手来。我操起铁锹，他拿起扁担，我用筒锹向对方的头部捅去，我用力过猛，身体几乎失去了平衡，对方一躲，紧接着轮起扁担向我挥来，一扁担打中了我的头部。我栽倒在地，当时就觉得天旋地转，两眼冒金星，随即就出现了昏迷。知青们七手八脚把我抬到车上，往附近的卫生院送。一路的颠簸让我逐渐地苏醒过来，经过医生的检查和简单的处理，我又被拉回知青的住地。

在接下来的几天，我躺在老乡家里，就像一只斗败的狼，自己舔舐着伤口。进点工作队的队长老句找到我，他说，在工地打人是一件非常严重的事，影响极坏，要严肃处理，杀一儆百，大队决定对打人的知青进行批斗，要求我写出被打经过。我告诉老句，矛盾是因为工作引起的，打架是我先动的手，而且下的是狠手，我也应该对这件事负责，如果批斗他，请把我也捎上。可能是工作队的队长考虑到既然被打者都没有什么要求，又没造成严重后果，仅仅是批评了打人的知青一顿，了结了此事。

水利工程结束后不长时间，我爸爸到青年点来看我。我下乡期间，我爸爸很少来看我。这一次估计是我被打伤的事传到了沈阳北

165

站，他一定是觉得我被打得很严重，所以匆匆忙忙来看我。他到青年点的时候，正赶上青年点吃午饭，我从食堂打了饭和汤，他拿出事先准备的炒菜，我俩就坐在青年点边的田埂上，一边吃着饭，一边说着话，心中各有一番滋味。我被打的事他没有问，我也没有向他吐露一句。吃完饭，他就离开了青年点，去坐下午的火车，忙着赶回去上夜班。目送爸爸渐行渐远的背影，我的心里酸酸的。我从小就没有母亲，这个世界上只有他最牵挂我，而我却让他这样操心，由于我的鲁莽和冲动，险些酿成祸端，在他听到我被打伤的一刻，该是怎样的担惊受怕？一会儿，老农队长走过来，询问我家长来青年点的情况，然后他对我说，儿行千里母担忧，母行千里儿不愁，当老人的真是不容易，说得我泪如泉涌。

四十年后，想起这件事我还一直在自责，我那时怎么那么不懂事，为什么不把爸爸送到火车站，让他孤独地走八里路一个人到车站？也就是从那个时候起，我再也没有跟人打过架，不管发生怎样尖锐的矛盾冲突。在我们青年点，能打架的甚至因打架进过公安局的人威信高，在进点老农那儿受重视，在返城招工中能占得先机，但我决不羡慕，这不光是为了自己，也为了自己日渐衰老的爸爸。

第四章 我的经历

两次考大学的经历

《我的1977》《我的1978》是当年的考生讲述自己在国家恢复高考制度后报考大学经历的两本书,我都珍藏着。因为1977年、1978年两次高考我都经历了,至今记忆犹新。

1977年,我还在农村,做为一个知青"跟着太阳起,伴随着月亮归",整天在修理地球。这是我上山下乡的第四个年头,那时的情绪非常低落,农村的艰苦生活倒没感觉怎样难熬,主要是不知道这样的生活什么时候才是尽头,自己的彼岸在哪里,非常迷茫。

夏季的一天,县委工作队的孙校长找到我,他神秘地告诉我,昨天在大家上工后,他检查知青的宿舍,发现一个姓关的女知青没有上工,一个人躲在寝室里看中学数学教科书,还做了不少数学题。他还说,关是干部子女,一定了解上层有什么新的动向。孙校长是在向我传递一个重要信息,但并没引起我的注意。

10月,国家将恢复高考制度的消息像滚动的春雷在知青中炸响,撼动着每个知青的心。21日那天,我和一些知青正在工地挖土方，听到了中央台的广播，大家停下了手里的活儿，聚到一起，兴奋地议论起来。一个知青问我，你报考吗？我没有回答，当时的心情真是五味杂陈，有高兴，有兴奋，这个消息燃起了我求学的希望，但更多的还是惶恐不安，因为我学的文化知识太少，而且中学毕业好多年了，课堂上学的那点东西早就还给老师了，对参加高考自己一点信心都没有。晚饭后，青年点的人还在议论关于高考的话题。一个老知青说，你们都应该去试试，不试怎么知道自己不行，那样你们可能会后悔一辈子的。她指着我说，特别是你，不去试试太可惜了。为了不让自己后悔和遗憾，我不再犹豫，和几个知青立即向队里请假，回家翻找多年前学过的中学课本，一个女知青把他哥哥念中学时的历史课本送给了我，我父亲还为我弄到了一套高考复习提纲。这期间，我参加了一些单位为下乡知青组织的高考辅导班，到邻居家收看沈阳电视台播放的高考辅导课，但总觉得这些辅导并不适合自己，而且这样的复习效率太低，于是我又返回了青年点。

　　县委工作队的孙校长知道了我要报考的消息非常高兴。一天在闲谈的时候，他问我，学过语法吗，我说中学语文课学过一点，不就是主谓宾补定状吗。他给我出了很多的句子，如东方红，太阳升，花儿朵朵向太阳，华主席带领我们进行新的长征，我们是共产主义接班人，让我划分句子成分，我基本都做对了。孙校长问我数学学得怎样，我说还可以，念中学的时候我就是数学课代表，那时数学教科书上的所有习题我都做过，我还把一本苏联出版的中学几何习题集中的大部分习题做了一遍。孙校长说，我们学校是小学

"戴帽"（小学设初中班），数学老师最近要生孩子，你去代课，教初一、初二的数学，每天两三节课，这样比你一边下地干活一边复习好多了。对孙校长的安排，我充满了感激，把它当作天赐良机。很快我就带着自己的复习资料去了学校，上午给学生上课，下午和晚上复习功课。

高考的前一天，青年点参加考试的知青都拿到了准考证，唯独我没有。大队的人告诉我，你的准考证被场部你的一个熟人拿走了。于是我又冒着大雪赶了十多里路到了农场场部，去找那几个熟人，他们告诉我，你的准考证叫孙校长带走了，孙校长让人转告你，明天考试他把你的准考证直接带到考场。传信儿的人没有传到，让我虚惊了一场。知道了准考证的下落，心里的一块石头落了地，晚上顶风冒雪的寒意、赶了十多里地的疲劳顿时被驱散，我又马上返回青年点。

高考时间是12月1日、2日，考场设在场部附近的一所小学。第一科考的是政治，我记得监考老师把试卷放在我的面前时，我看着考卷自己的心一阵狂跳，大脑一片空白，手也在发抖，根本写不了字，只好在桌上趴了一会儿，才稍稍平复了一些。

五科考试，总的感觉，数学还可以，一些题都做出来了，特别是那道证明三角形内角之和为180度的几何题，由于我刚刚在课堂上给学生讲过，所以答起来得心应手，最后的解析几何题我也做了，因为我学过解析几何，是否做对了不知道。语文分析句子成分："为了实现共产主义的伟大理想，我要献出自己的毕生精力和

远逝的青春岁月

整个生命",我不知道句子的前一部分是前置的状语,所以没划,只划了后边的主谓宾;修辞部分是说出什么是拟人并举例,我举的例子是"山在欢呼,海在笑";古文共两部分,是司马迁的《陈胜吴广起义》和王安石的《游褒禅山记》中的两段,都没翻译出来;作文是议论文《谈青年时代》和记叙文《在沸腾的日子里》二选一,我选的是记叙文,觉得这样不容易跑题。我依稀记得作文的开头是这样写的:我们村口的那棵老槐树,昨天它还在寒风中瑟瑟发抖,今天它仿佛换上了青春容颜。在老槐树下,老队长兴奋地向大家宣布,党中央的最新精神。然后是社员们如何欢呼,老张说了什么,老李说了什么,最后老队长说,我们要多打粮食,给国家做贡献,我如何暗下决心等等。政治许多问答题答得杂乱,主要是不懂得答题要答出要点。历史中学时就没学过,仅有的那一点历史知识也是通过学习《毛选》和在批林批孔运动中学习《儒法斗争史》得来的。地理中学时也没学过,靠的是看中国地图和世界地图,平时在新闻中如果提到了哪个地方,我喜欢到地图上去找找,就那一点儿积累,答得怎样没有印象。但有一道地理题我记得清楚,该题要求考生画出以沈阳为中心的铁路线。因为我是铁路工人的儿子,从小就喜欢坐火车,以沈阳为中心的铁路线我都坐过,沈阳到丹东的沈丹线、到大连的沈大线、到吉林的沈吉线、到哈尔滨的沈哈线、到山海关的沈山线,我都画出来了,我还画了沈阳到新立屯的线路,后来觉得这条线路是从高台山到新立屯的叫高新线,不是以沈阳为中心的,又划掉了。

第四章 我的经历

我记得,考第一科时考场上坐满了人,考第二科的时候考场就有人缺席,到考最后一科时考场的考生已经不足一半。据我们青年点的一个人讲,考第一科的时候,他根本没有答题,而是在试卷上给评卷老师写了一封信,控诉"四人帮"反党反人民的滔天罪行,以及对十年动乱耽误了一代人的感慨。实在不知道他想要干什么,是不是想学当年的张铁生?

考试结束,参加考试的知青在一起核对答案,我发现自己的答案跟别人的都不一样,心里立即就拔凉拔凉的,心灰意冷地回到学校继续给学生上课。大约一个月后,农场的有线广播通知我到县里去参加体检。不久,农场文教科的人又让我填写辽宁大学走读生登记表,此后就再无音讯。

后来我才了解了一些情况,那年我们农场共有八百多个知青参加考试,共有十三人上线体检,有五人被大学录取。我们邻近大队的一个考生,填写报考登记表在年龄一栏将自己的二十一岁写得太过潦草,被招生人员误认为二十七岁,由于适龄青年和超龄"老三届"的录取标准不同,他因此错失了被录取的机会。后来他参加了1978年的高考,还是被原来那所综合大学录取,毕业后留校,现在担任了那所大学的副校长,还是博士生导师。至今我也没搞明白,那一年我为什么没有被录取。是报考的志愿太高,还是分数没有过关,抑或是那时就存在所说的暗箱操作?这已经是一个永远没有答案的谜了。好在从1978年开始,高考的分数公布、录取的过程开始有点透明了。

我没考上大学，青年点的知青们都为我惋惜，但我并不十分沮丧，因为高考为我展示了一条可以通过个人努力就能走得通的道路，同时因为有了第一次高考的经历，我看到了希望，我感到大学的门已经向我敞开。在学校代课的工作结束后，我又回到青年点，利用劳动之余开始了紧张的复习，我暗下决心，一定要抓住这千载难逢的机会。这期间，队里的老农队长尽量给我安排比较轻松的工作，为我的复习提供了很多便利的条件。

1978年的高考是在夏天进行的，有了一次高考经历的我，不再像上次那样紧张。由于考点设在新开农场，考前我还一个人去看场地，给其他参加考试的知青安排食宿，联系往返的车辆。新开农场中学的校长老句曾在我们青年点做过县委工作队的队长，我就找到他，去他家那天我还自己掏钱给他的孩子买了二斤饼干，在他家号了两间房子，他的爱人还给我们青年点的考生做了两天的午饭。

这一年高考我考了302分，其中政治68分，语文60分，数学50分，历史64.5分，地理59.5分。据报上讲，1978年全国共有610万人参加高考，共招收40万人。我成了这40万人中的一员。

有人说，恢复高考是国家和时代发展的一个重要拐点。对个人来说，它同样是我人生的一个重要拐点。作家柳青说，人生的道路虽然漫长，但紧要处常常只有几步，特别是当人年轻的时候，它可能影响你很长一段时间乃至一生。1978年的高考，让我离开了农村，给了我上大学的机会，更为我的命运开启了幸运之门。

第四章 我的经历

我当代课老师

县委工作队的孙校长让我到他的学校去代课，让我喜出望外。据我所知，当时在我们那里的学校，除了正式编制的老师外，能到学校代课的大多是基层领导的亲属，这些人如果文化水平不高，往往是男的教体育，女的教政治或者自然常识，没有一定"关系"是绝对进不了学校的。这样的"美差"从天而降是我平时想都不敢想的，更重要的是，在学校代课，我可以一边教书一边复习准备高考。

我代课的学校在前胡大队，距离青年点二十多里，是农场十几个大队中比较大的一所。校内七个班，每个班二三十个学生，有十几个老师。操场北面有两排房子，分别是校长办公室、教师办公室和教室，南边几间房子，是老师的单身宿舍和工友的住处，我被安排在工友室内。

到学校的第一天，孙校长给了我两本中学数学教材和课程表，又简单交代了几句就离开了。到学校后，我连学校周边的环境都没来得及熟悉一下就开始备课。我努力地回想着当年我的老师教我数学时的情形，把教材上的例题看了一遍又一遍，备课时还把可能涉及的习题全都做了一遍。

第二天，我信心满满地登上了讲台，先做自我介绍，然后就像模像样地讲了起来。孙校长就在教室外面趴在窗户上，手里夹着香烟，不动声色地看着我上课。课间，孙校长把我叫到一边，笑着对我说，我一看就知道你是个当老师的材料。我说，校长，你别光表扬我，看看我需要注意些什么。孙校长告诉我，下次再讲课时，要放慢语速，让学生能听清你说的每一句话，讲到要点时，可以重复一下；板书之后，一定要闪开身子，让学生能看清你写的字；课讲完后要简要总结一下所讲的内容。

课堂上的孩子，除了几个调皮的外，大部分人上课时都显得沉闷，只是傻傻地望着老师。我分析可能是老师讲的内容他们并不一定能理解和领会。我调整自己教学的内容，改变自己的方式方法。原来计划一节课讲两个例题，我就改为只讲一个例题，讲一遍后再讲一遍，然后当堂让学生做一道最简单的习题，检查学生对所学内容的掌握程度。在每次讲课前，我尽量引导学生发言，调动学生的兴趣。我记得，我在讲圆时，先让一些学生单独回答在生活中看到的哪些是圆的东西，有的回答车辕辘是圆的，有的回答碗是圆的，有的回答太阳是圆的，课堂气氛一下子就活跃起来了。对发言的同学我都给予了肯定和表扬。为了掌握讲课的时间，我还从青年点的一个女知青那儿借了手表，每次上课时我把表从手腕上摘下来，放在讲桌上，离下课还有五分钟的时候开始总结课上所讲的内容，以至于没有出现一堂课因没有讲完而压堂的现象。

课上了几天，可能是和学生都比较熟悉了，我在讲话时，有的学生嗤嗤地笑，还小声模仿。我发觉是自己的口音出了问题，我平时讲普通话，但偶尔也会冒出一两句方言土语，学生们很好奇。发现了问题，我再讲课时就注意不讲方言土语，尽可能地使用一些规范准确的书面语。

每天上完课后，我先把第二天的课准备好，然后再静下心来复习自己的功课。晚上，怕影响别人休息，我就躺在炕上默默背诵政治和历史、地理题。有些自己理解不了的题就留到第二天找孙校长请教。这个时期我发现，备课让我重温了自己学过的数学知识，再通过课堂教学和辅导学生做题，印象非常深刻，复习的效果最佳。

前胡学校没有食堂，整个代课期间我的一日三餐都是到孙校长家去吃。时间久了，我自己也感觉给人家增添了负担，带来了太多的麻烦。帮他家种种菜园子，确实没有那个时间；给他伙食费，当时我身上连一分钱也没有，即使有，给他他也不会收。我看到孙校长家喂了一头猪，因为没有饲料常常饿得"嗷嗷"直叫，后来在我每次回青年点时就从青年点背来半袋子稻糠送到他家，这是我当时仅能为他做的一点贡献。若干年后，孙校长到沈阳开会，他专门到我的工作单位看我，在闲谈中我得知他家正在盖房子，于是将家里仅有的三百元钱送给了他，算是我对他的一点回报。

远逝的青春岁月

当猪倌的一段经历

1978年的夏天，为了给我备战高考创造条件，老农队长先是安排我往地里挑粪，待粪挑完了，又派我去放猪。我曾经做过青年点的饲养员，知道猪的饮食起居，了解猪的喜怒哀乐，熟悉猪的脾气禀性，所以对放猪并不陌生。

每天早上，饲养员喂完猪后，我就将猪圈的栅栏门打开，十几头猪前挤后拥地冲出门外，跨过青年点房前的水沟，往东走百八十米就上了县道，一路浩浩荡荡直奔"八干"（水渠干线）。猪们到了"八干"边的草甸子上，兴奋地散开觅食，这时我就可以从口袋里拿出书来，坐在干渠坡上静静地看上一会儿。

放猪看似简单，其实不然。把圈养的猪放到野外，让猪多跑跑，吃些野菜和嫩草，不仅可以节省饲料，而且，猪也不爱生病，有利它们的生长，但放养使猪的活动范围扩大了，原本温驯、老实的猪们一下子就改变了原有习性，开始撒欢，到处乱窜。如果你没有一点经验，不但管理不好，猪们还会欺负你。放猪时我准备了一根木棍，像放羊的要管住头羊一样，我紧紧盯着打头的那头老母猪，不让它到处乱窜，这样其他的猪就会自然尾随在后。偶尔也有离开大帮远的，就把它们归拢到一起。有一头半大猪，特别调皮，不听吆唤，每次都是它先蹿出猪群。一次，这头猪蹿了出来，越过县道边的水沟，在追赶中我不小心竟掉到了沟里，弄得鞋和裤子满是泥水。由于放着十几头猪不可能回去换洗，只好在草甸上晾晒了半天。我对这头猪用木棍去赶，根本就不好使，有时它甚至还斜着猪眼向我冲来，于是我就重点修理它。后来每次再从圈里放出猪来，我就重点盯着它，发现它稍有要蹿出猪群的苗头，就用木棍狠狠地敲它的屁股，同时大声吆喝着。经过不长时间的训练，这头猪老实规矩多了，只要它一离开队伍，我一声吆喝，就会溜溜地归队，猪群再也不乱跑了。

　　猪每天早午晚喂三遍，放两遍。在"八干"边的草甸子上，猪们掠食野菜，拱吃草根，喝水沟里的渠水，吃饱喝足了就晒太阳。有时还相互追逐打闹，到泥水里打滚洗澡，十分惬意。一般来说，猪只要吃饱喝足了不乱跑，比较好放。临近中午或晚上，我收好自己的书，对着猪群"喽、喽、喽"大声喊上几声，猪们就像听到号令一样，马上聚拢到一起，点完数后，就赶着猪往回走。离青年点猪圈不远的时候，猪群明显加快了步伐，所有的猪奔跑着一起拥向了饲养员，因为饲养员早已按时煮好了猪食，正挑着担子等着喂猪呢。看着猪们争先恐后吃食的样子，我确实感到很欣慰。

　　在放猪期间，我还目睹了一件趣事，至今忍俊不禁。一段时间，猪群中的一头母猪"反圈"（发情）了，饲养员马上向队里做了汇报。一天下午，我正准备放猪，"老党"指着那头母猪告诉我："下午不放了，咱们去给它找对象。"然后，"老党"背着手走在前，我用一根柳条赶着猪跟着。到了邻队的养猪场，这边"老党"和养猪场的饲养员说话打趣，那边有专人负责安排母猪的配种。一会儿，配种结束了，养猪场的人员要收费，"老党"笑嘻嘻地说，我们队的这头母猪是大姑娘上轿头一遭，第一次不一定种上，明天还得来。于是双方商定下次收费。第二天，我和"老党"又赶着猪去了一次，母猪的配种结束后，对方再次提出了收费的事。"老党"说，我看不一定配上，对方说确实配上了。"老党"说又不是你配的，你怎么那么肯定？弄得对方十分恼火，但由于"老党"是德高众望的老前辈，人家不好发作。对方说，大叔，你看，我们的这头种猪是队里花了不少钱新引进的，平时都是精饲料侍候，你们队怎么也得掏点钱呀。"老党"说，那好吧，我们也不打赖皮，等它真揣上了崽一定交费。在回来的路上，我跟"老党"说，等猪揣上崽再交费也不晚，"老党"狡黠地说，那都是写在瓢把儿上的事，现在能给队里省点就省点吧。

第五章 难忘人物

第五章 难忘人物

青年点的女饲养员

我下乡后有一段时间在青年点喂猪。做猪倌，我一直都不安心，虽然在很多知青看来，喂猪不必穿着水靴下水田、挖土方，是个相对轻松的俏活儿，但在我看来，这个活不仅说起来不好听，而且技术含量太低且单调枯燥。不安心归不安心，在队里没找到接替我的人之前，我还是每天按部就班地热猪食、喂猪、放猪和收拾猪圈，不敢有半点怠慢。

后来，队里找了女知青小祝做新的饲养员，我由此脱身去和大帮下地干活，从此再没关注过养猪的事。大约过了很长时间，一个偶然的机会我路过养猪场，顺便看看我曾经养过的那几头猪，让我吃惊不小：猪圈里的猪个个滚瓜溜圆，膘肥体壮。又过了很长一段时间再到猪场时，我看到猪圈里趴着的老母猪身边一群小猪崽正在吃奶，养猪场又新添了一窝小猪。看着饲养员专注地喂猪、打扫猪圈甚至给猪挠痒痒的情形对她突增了几分敬佩。

小祝和我同届下乡，最初跟她没有什么来往，由于养猪却让我

181

对她不得不刮目相看。我当猪倌时，猪喂得并不好，不是因为我不够勤快，而是我根本就不了解猪的习性，更不会养猪。当时觉得喂猪有啥，不就是一天喂三遍食，让猪吃饱喝足不就得了，从没想过养猪还有那么大的学问。渐渐地我发现，小祝当猪倌，专心细致，不仅向周边的老乡请教怎么喂猪，还找来有关养猪的书籍来研究，难怪人家的猪养得那么好。青年点能在农忙时杀猪给大家改善生活，真应该感谢这位称职的猪倌。

后来，跟小祝接触多了，思想交流也逐步加深。当我了解到小祝念中学时英语就学得好，而且下乡后还一直在学英语的时候，突然萌生出一个想法，向她请教学外语。从1972年沈阳广播学校通过电台教授英语起，我就开始跟着电台学习英语，但我学习英语总是不得要领，单词记不住，发音也不准，学来学去还是初学者的水平。当我向她说出自己的想法后，得到了积极的回应。此后，只要是农活不忙时，我就拿着中学课本到她的宿舍向她请教。她不但教我背单词，还不厌其烦地帮我校正发音，后来我竟能和老师用英语进行一些简单的对话。

男知青与女知青经常独处，知道的是一起学外语，不知道的难免会让人浮想联翩。时间长了，我也听到一些传言，特别是我感觉有的男知青对她很有好感，于是我不得不中断了自己的外语学习，唯恐因为自己生出什么"风流韵事"给人家带来不好的影响。对我不去学外语了这件事，小祝感到很可惜，我也感到挺遗憾的。

再跟小祝单独接触是一两年之后的事了。那时我正在前胡学校当代课老师。为了回报孙校长对我的厚爱，我决定给他家送点喂猪的稻糠。那一次，我找到了小祝，提出了自己的要求，她当时就一口回绝了我："青年点的东西能随便拿吗?"我抓起她的锁匙，不顾阻拦打开库房，装了半袋子稻糠，背到肩上就走，小祝十分生气。我说，你可以让会计记我的账，也可以到队里告发我，但东西我必须带走。后来，我又从青年点库房拿了几次稻糠。她没有向队里告发我，至于有没有让会计记我的账也不得而知。

四十年后的今天，徜徉在记忆的长河里，女知青小祝充满阳光的笑脸常会浮现在我的脑海，觉得如有机会，应该当面向她说一声谢谢，同时也为自己那时的简单粗暴说一声抱歉。

"活驴"二鹏

和我同届的知青二鹏非常能干，干起活来几乎不要命，或者有点发傻，大家说他简直就是青年点的"活驴"。叫他"活驴"有些不雅，但也表达着大家对他能干的肯定和赞扬。

知青挖排水沟，一个人一天大约能挖15米左右，二鹏一个人就能挖20米甚至是25米；秋后往场院背稻子，一个人一趟大约背七八捆，二鹏能背十几捆；在水利工地，用独轮车推土，装车的人可以尽情地装，无论装多少二鹏照样可以把车推走。

二鹏能干，干活从来不惜力，队里决定让他做看水员。看水员责任重大。因为水稻生产离不开水，稻田里灌多少水是有讲究的，插秧之前要保证水田里的水有一定的深度，水深了秧苗容易烂根，浅了秧苗容易被太阳晒死。在水稻生长的五个月里，看水员要日日夜夜在田里监视水情，甚至是风里来雨里去，定期排水、灌水，哪块水田缺水了要及时补充，水大了要及时排水，不能有半点闪失，这样才能保证水稻的正常生长。这就要看看水员工作是否认真勤快了。那时上游水

第五章 难忘人物

库给水田供水是有定量的,由农场的水利股的人员掌控,每当供水时间,看水员不仅要对水利股的人员时时赔着小心,还要请人吃饭、送烟送酒打点人家,确保自己队里有足够的农业用水。可以说看水员工作的好坏直接影响着水稻秋后的收成,在这一点上,二鹏是胜任的。

二鹏不仅能干,而且饭量也大。一次青年点的几个知青打赌吃饭,二鹏一下子吃了四斤多大米饭,把周围的知青都给镇住了。我记得那次打赌我只吃了二斤七两大米饭,自然是败下阵来。二鹏还有一个特点,就是除了干活和吃饭外,从不和别人论长短争高低,和队里的男女老少都能处得来,人缘相当不错。

在我的印象中,那时队里一有什么"大会战"或者参加县里、农场的水利工程建设,队长都会找我,写个稿吧,让大喇叭表扬表扬二鹏,给大家鼓鼓劲。写报道稿宣传二鹏,不仅给我提供了施展才干的机会,也让我在繁重的劳作中得以喘息。后来,队里经过研究要发展二鹏入团,我马上就召开团支部会议。讨论研究,确定我和另外一个知青做他的入团介绍人,准备材料报上级团组织批准。二鹏成了我们团支部成立后发展的第一个团员。

在我离开青年点的第二年,二鹏参加了队里的招工评议,顺利返城。知青们告诉我,为了回城,人们看到二鹏没少给队里的老农队长送大酱。在评议会之前,二鹏还特意找到同届的知青,请求大家在评议会上投自己一票。现在看来,二鹏一点也不傻,心里有数着呢。再后来听说二鹏前些年因病去世,丢下了一对孤儿寡母,对此我们都感到很悲痛。

我和老农队长的一段情缘

我们的青年点是一个独立核算的生产队,对外叫姜家青年队,对内叫姜家青年点。队长由大队选派的当地农民担任,负责全队的生产和人员管理,人称老农队长,老农队长又分为政治队长和生产队长;副队长由知青担任,主要是协助队长的工作。在我下乡期间共经历了三任老农队长,老王在我当知青的前两年和最后那年在队里当老农队长。

老王能大我十几岁,个子不高,有点文化。他曾夸耀自己当过小学教师,是否当过没人考证过,说话喜欢文绉绉的,甚至有点卖弄自己。最初我俩的关系并不太融洽。

老王对我印象不好,主要是觉得我说得多,做得少。我下乡后不久就担任了青年队的团支部书记,同时还是队里的理论辅导员和宣传报道员。队里组织学习讨论时,我常常带头发言,偶尔也会口若悬河地讲上一会儿。在农民看来,这是爱出风头、夸夸其谈不务实的表现。特别是我不算是个好劳力,挖沟时曾经被人落在后头,

第五章 难忘人物

遭到过个别人的嘲笑。

1975年2月跟盘锦一河之隔的营口、海城发生强烈地震。我当时正在沈阳家里。最后一批从青年点撤出的知青带来口信，地震损坏了青年点食堂装粮食的仓库，要我立即回去。由于口信是大年初一带到的，初二我就登上了返程的火车。沈阳至盘锦的火车已经停运，我就坐火车到沟帮子，然后搭辽河油田的汽车到盘山，再从盘山沿铁道线走了一夜到青年点，第二天我就找人修葺食堂装粮食的仓库。由此我成了抗震救灾的先进典型。当时大队还有一个先进，姜家生产队的"老党"。开春前，地区和县里开会，要表彰抗震救灾中的先进人物。大队决定，把姜家老农队的"老党"作为地区级先进、把我作为县级先进上报。上级派人整理材料，我配合得当，来人很快写出了我的事迹材料。上级派来的人在"老党"那里遇到了问题。据说，人家问，大爷，地震时你不顾家里老婆孩子的安危，马上跑到生产队的马棚，不怕危险把牲口都牵了出来，当时是怎么想的？"老党"说，队里让我喂牲口，我有责任，如果房子倒了把牲口都砸死在里面，让我赔我赔得起吗？结果，我被县里表彰了，"老党"的表彰没了下文。人们对此颇有微词，普遍认为能巴巴（能说会道）的人上去了，不会说不会道的人做得再好也白搭。估计老王的意见更大。

一次队里开会，大概是总结、布置工作之类的会，老王讲话，在提到知青的现实表现时，对我竭尽其能地含沙射影、旁敲侧击：农民最注重实际，要靠实干，靠巴巴能打出粮食吗？我们知青决不能做语言的巨人、行动的矮子……明显表达着对我的不满。

相处的时间长了，老王对我的印象也慢慢地发生了变化。虽然我干土方活还不够顶硬，但我干活实在，从不偷懒耍滑。冬天大地被冻实成了，场院的活也就开始了。地里晾晒的稻子被运到场院，知青们开始脱粒。脱粒时总有一些稻粒堆混入稻乱子，队里有时就组织一些人夜里用吹粒机把这些稻子再吹筛一遍。有几天夜里我带着几个知青干这活，上半夜还好，但半夜吃过饭后，有的人确实困了，有的人压根就是奔着夜里那顿饭来的——这顿饭是炖菜，平时青年点吃的都是菜汤——都找地方睡觉去了，我一个人硬是把上半夜剩下的堆得像小山一样的稻子给吹筛完了。这事被老王发现了，责备我不该放纵坏人坏事，但我的劳动态度想必给他留下了好印象。

两年后，老王回到了他原先的老农队，他再次到青年队当老农队长已经是我下乡的第四年。这时我已经到邻队的一个"戴帽"小学代课，其间参加完1977年的高考，通过了体检，也填写了辽宁大学走读生的报名表格，大家都为我高兴，但最终没上成大学，也为我扼腕惋惜，为我抱怨命运的不公。代课一个学期后，我又回到了青年点。当时，青年点有很多人正在埋头复习，准备1978年的高考，队里出工人员明显不足。青年点开会，老王严厉批评一些知青为了复习功课而耽误全队的抓革命、促生产。他曾严肃地说，这样的人即使考上了，政审也不可能过关，在我这儿就通不过，希望知青们好好地玩味玩味。还有一次，老王跟几个女知青说，我们青

第五章 难忘人物

年点风气不好，一些人不务正业，就知道搞对象，还不看书学习。你看小郭，从来不参与这些事，不是人家不想搞对象，他是根本就看不上你们。据说当时就引起了一阵哄笑。

老王对因为复习影响出工的知青比较严厉，但我发现，他对我却不一样。后来，他给我分派了一个又脏又臭的活——挑粪，每天从青年点的厕所将粪掏出来，然后挑到地里预埋的大缸里沤上。他跟我说，这活不好干，一天挑一次就行。实际上一天挑一次粪，一个小时就能干完。我觉得这样不好，就上下午各挑一次，剩下的时间我就躲在青年点看书学习。对此，有人有意见，但老王不屑一顾，说那活儿什么好活儿，你愿意干吗？还在那人的背后议论说，有的人真有意思，看人家淘粪也眼馋，恨不得啃上几口。粪挑完了，老王又分派我去放猪。早上我把猪赶到"八干"（水渠干线）边的大甸子上，就坐在一边看书。考试结束后，老王还派队里的小"手扶"送我到县里去参加"体检"。那一年我考取了大学。当年全农场上千个知青考生中考上大学的只有十人。

老王对我的好，我无以回报，甚至没有当面对他表达我的谢意。可能是老天给我回报的机会吧，一天晚上，正在老王隔壁老乡家住的我，透过窗户看到了一个火点在老王家的柴火堆上跳跃，火点逐渐变大，老王家的柴火垛被人点着了。于是我和同住的几个知青赶紧唤醒已经入睡的老王，大家操起家伙扑火，有人跑到青年点又找来了一些知青，费了好大的劲才把火扑灭，避免了一场灾祸。

再后来，听说老王由于不太讲究工作的方式方法，说话也口无遮拦，没少和知青发生矛盾冲突，先是有人烧他家的柴火垛其实是要烧他的房子，后来又有人去砸他家的窗玻璃，甚至有人要动手打他。同时，老王也结交了一些知青朋友，他每次到沈阳，都会有人出面热情招待。大约三十年后，我有机会故地重游，当年村屯的格局已经发生了很大变化，竟然找不到一个熟人。向人打听，有人说老王搬到镇上去了，有人说搬到县上住了，再问老王的电话号码，无人知晓。

第五章 难忘人物

我的知青挚友

　　小常是我们大队另一个青年点七五届的下乡知青，小我两岁。小常由于能写会画，多才多艺，常常被大队抽调上来为大队写宣传标语或者布置会场，是全大队知青中比较活跃的文化人。一次在大队召开知青大会，小常找到我，他自报家门，然后就和我探讨起问题来了。当时我们之间谈了什么、怎么谈的我现在都已忘记了，但他思维敏捷，知识面宽，特别是喜欢探讨问题的劲头给我留下了很深印象，彼此间都有一种相见恨晚的感觉。从此，我们两个人开始了长达四十年的交往。

　　后来，国家恢复了高考制度，我们曾在一起复习备考，讨论复习中遇到的各种问题，交流各自了解的有关信息。我们都参加了1977年的高考，并入围参加了体检。由于没有被录取，我们又一起投入了1978年的高考，其间小常还带着我到辽大找有关老师了解高校录取招生的情况。记得有一次，我们在辽大文科楼看到了中文系贴出的系里教授做学术报告的海报，还混进在校生之中偷听了一个讲座。那时，每次回沈阳我都要到他家，赶上吃饭也不客气，坐下来就吃，偶尔也住在他家，两个人谈天说地，甚至是彻夜长谈，觉得总有说不完的话。

小常为人坦诚，善于交际。正是由于他的缘故，我认识了在农场场部当领导的以及做宣传工作和教书的那些知青。因为熟识的人多了，再到场部办事也方便了许多。有一次，我正在地里干活，农场宣传科的梁科长骑着自行车来找我，告诉我他正在为农场党委写一篇理论文章，想就一些理论问题和我商量。农场的宣传科长来找一个普通的知青探讨理论问题，让我受宠若惊，也让队里的干部们感到诧异。不知这件事是否跟小常平时在场部对我的推介有关。

1978年我们分别考上了不同的大学，他读哲学，我读语言文学。在大学期间，我们平时靠书信联系，介绍各自的学习情况，交流学习体会以及两校的信息，有时也一起探讨一些学术问题。逢年过节，我放假回沈，总是把大部分时间泡在小常那儿，聊天、看书，偶尔也在他那儿蹭上一顿饭。

大学毕业后，小常被分配到外市的一所电视大学，我被分配到市郊的一所教师进修学校。几年后，小常调到了某高校，看到我当时的工作并不如意，他主张我尽早调出来，于是就向高校的领导推荐我。不久，我参加了那所学校的面试和试讲，学校同意我调入，但由于我属于普通教育序列，教育部门不允许调出，此事就此打住。后来，小常调到深圳工作，彼此间的交往渐渐少了起来。

十年前，小常回沈办事，我陪他到盘锦红海滩去游历，回来的时候，特意绕道去了一次我们曾经下乡的大队。当年我所在的青年点，早已被夷为平地，连当年的"吃水坑"都被填平，也没有见到当年的老乡。我们又一起去了他所在的青年点，在残存的青年点房屋前，拍照留念，并向当地老乡了解这些年的变化情况。

和知青战友小常的交往，如今四十年了，双方互相倾慕，惺惺相惜，真是难得的缘分。

下放户张家大哥

认识下放户张家大哥纯属偶然。那年冬天，青年点的磨米机发生了故障，我们临时借用邻近大队的磨米机加工大米。到了中午饭时，我们几个拿出一些刚磨出的大米到磨米房边的一户老乡家去做饭。老乡姓张，是来自沈阳的下放户，家乡人相遇分外亲切，张家不仅借给我们灶台用，帮我们烧火做饭，还拿出了一棵酸菜给我们炖着吃，给我留下了美好记忆。

吃饭时，张家大爷、大哥和我们几个知青聊起了各自的经历。张大爷在中华人民共和国成立前开过工厂、经营过商店，他聊自己的生意经，说做生意不能着急，薄利多销，一分利撑死人，二分利饿死人，褒贬是买主，喝彩是闲人，做生意靠的是信誉，没有信誉就没有回头客。对自己因何下放，遭受了怎样的艰难困苦闭口不谈。最让我感动的还是张家大哥，他大我五六岁，当时正在写小说，他拿出一摞草稿让我们看，写的是什么内容，已经没有任何印象。他还谈到了他的一个朋友后来当了作家，说他写作最忙的时候，没有时间做饭，就

第五章 难忘人物

事先做出几天的饭来，装到篮子里，吊到井里储藏。

后来，我多次到张家看望张大爷和张大哥，张大哥也多次到青年点看我。一次，他拿着自己的手稿让我提意见。那时我也是个文艺青年，对文学创作一窍不通，提不出任何意见。我婉言回绝了张大哥，唯恐他有想法，于是将那年带队干部老刘送给我的带有辽宁人民广播电台名头的两本稿纸送给了他，希望他坚持写下去。

与张大哥再次相见是在八十年代初。那时我已经大学毕业，张家也已经返回了沈阳。张大哥的小弟弟返城后入学问题一直得不到解决，他找到我家让我帮他。我通过自己的一个亲属，将他的小弟安排到了一所中学读书。闲谈中，他说自己没有找到工作在家赋闲，对自己写作的事没有提及。我猜想，张大哥的文学创作已经搁浅，但他是迫于生活压力没有精力再写，还是已经感到这条路无法走通？我想，他不再写小说，应该与生活压力无关，因为在农村那样的艰苦条件下都没放弃，现在的条件毕竟比那时好多了。以我的经验看，搞文学创作，需要有一定的生活积累和体验，更需要有文学天赋。生活积累厚重，生活体验深刻，也不一定能写小说，他一定是因此而放弃自己的文学创作。这样也好，何必要在一棵树上吊死？由此，我对张大哥又增添了几分敬重。

再后来，我爸在我家附近的农贸市场碰到了张家大哥，当时张大哥正在市场卖豆芽。我爸说，每次碰到你的那个朋友他都非常热情，总要送给我一包豆芽，以至我都不好意思到那个市场买东西了。不久，由于搬家，我与张大哥失去了联系，直到今天。

远逝的青春岁月

青年点的老知青

到我下乡的时候,因为经过推荐上大学和几次招工的原因,青年点的老知青只剩下三四十人。这些人中,除了十几个六八届知青外,还有二十多个七〇届的知青。

实事求是地说,六八届、七〇届知青是最不容易的。他们刚下乡时,年龄最大的不到二十岁,最小的只有十六岁,有的是姐弟、姐妹一同下到盘锦的。那时没有青年点,他们分别住在老乡家里。据六八届的老知青讲,他们刚来的时候,村子里没有厕所,问老乡哪有厕所,老乡就会说房角、屋后、大苇塘随便哪都行,非常不方便。当时还没有水田靴,春天劳动,田里的水冰冷刺骨,知青们只能光脚下水劳动,一些人由此落下了慢性病。生产队的劳力少,知青下乡后,原有劳力基本都脱离了生产一线,分别做了队长、副队长、会计、出纳、保管员、饲养员、车老板、看水员,农业生产主要靠知青和一些妇女劳力承担。水稻亩产量只有五六百斤,工分分值也很低。当时沟海线(沟帮子至海城)铁路还没建设,知青回家得坐汽车到沟帮子或海城再坐火车。

1973年，根据国家的要求，各地普遍建立知青点，对知青实行统一管理。我们队的知青也从原来与当地农民混编的生产队分离出来，成立了独立核算的青年队，但知青们把自己的生产队习惯上仍叫青年点。青年队组建时，青年队分得的少量水田也大多是一些高地（水田高地不容易灌水、产量低），又在苇塘中开垦了一些水田。据说，分队后的第一年，老农队的水稻亩产达到了一千斤，而青年队的亩产只有二三百斤，工分的分值低到了极点。

从我们这届开始，两三年的时间，青年点一下子涌进了一百多名知青。青年队的水田大多是老知青开垦的，新知青干农活都是老知青手把手教会的，一些生活经验也是老知青传授的。在生产过程中，队里最危险、最苦最累的活计像点火放炮、抡锤打钎时的扶钎、下苇塘割苇子、春天整地时的耙地，往往都由老知青承担。队里新知青发生急性病症，往往也是老知青冲在最前边组织救治。青年点曾发生过一个女知青在回家的列车上突发急病，同行的老知青在车上联系列车长、寻找医生，下车后把患病的女知青背到了医院，为抢救争取了宝贵时间的事。这些老知青是新知青的良师也是益友。

1979年知青大返城时，之前未被抽调的老知青包括在当地结婚的都回到了沈阳。他们是盘锦大地的拓荒者、青年点的创业者。

远逝的青春岁月

老顽童"卞哥"

　　老卞是六八届的老知青，到我下乡的时候已经在农村待了六七年。之所以历次招工都没有被推荐，并不是因为他干得不好。有人说老卞玩心太重，一天到晚嘻嘻哈哈，把自己的正事都给耽误了，也有人说，这之前青年点分帮分派，老卞从不参与，所以招工评议时很少有人为他说话，得的票自然要少。

　　老卞天生乐观，特别能讲笑话，似乎逗人开心是他的天职。他的俏皮嗑以及在农村中流行的歇后语不仅是一套一套的无穷无尽，而且还能即兴创造出新的"嗑"来。比如队里开会时，轮到他发言，他从不说我讲几句，而是说我"描"几句，让人马上想起队里施肥时人们常说的"描"点肥；如果别人讲得好了，他会表扬说，说话有劲，不在上粪多少；对没发言的，他会说，肯定能说两句，没看见吗，拉屎攥拳头正暗使劲呢。几乎他讲的每句话都能和农村的生产生活联系起来。新知青关于东北农村的几个"四大最"，像四大黑，四大白，四大红，四大绿，四大悬，四大硬，四大嫩，四大鹫，四大傻等等，这些最鲜活的农村嗑，都是从老卞那儿学来的。

当年青年队有一个知青队长，外号叫"大红脸"，该人的工作方法简单粗暴。一次队里开会，会上让知青们对队里的一些工作提出不同意见，知青们在下边发牢骚，谁也不肯讲，会场的气氛比较紧张。"大红脸"抽动了一下嘴角，气势汹汹地说，有意见拿到桌面上来，有话就说，有屁就放。知青们谁也不敢吭声，会场静悄悄的，不巧，这时一个新知青放了一个响屁。"大红脸"和那个放屁的新知青都很尴尬。这时老卞接了话茬，他告诉那个新知青，屁乃人身之气，岂有不放之理。下回如果再有屁，实在憋不住了，你就先把一侧屁股欠起来再放，放的屁细软绵长不会出声，等放完了屁，你再回头看，别人肯定不会怀疑是你放的。老卞的一番话让"大红脸"和那个放屁的新知青都笑了起来，大家也跟着笑了起来，会场的紧张气氛一下子就缓和了许多。

那次，青年点院子里发生儿马与骒马强行交配，在面对女知青提的"这是干啥呢"的傻问题时，车老板憋了半天不知道怎么回答，老卞的那句"那上边的是男马，下边的是女马，男马因为喜欢女马，就趴在女马身上和她近乎近乎"的回答，机智、诙谐又不失含蓄，既回答了女知青的问题，又为车老板解了围。

青年点里来了新知青，老卞喜欢整天和新知青混在一起。在新知青看来，农村的活儿他样样会干，农村的事儿他不打底稿，能给你说得头头是道。特别是他对新知青特别热心，向新知青传授当地

199

的生产生活知识，耐心细致且充满风趣；教新知青干活，各种要领解说得简单明了，动作示范十分到位。新知青出工修水利，最初常常吃不饱，原因是在吃完第一碗饭的时候锅里的饭就没了。见此情景，老卞就告诉新知青，下次吃饭时，要掂量锅里的饭的多少，决定第一碗怎样盛，怎样吃，第二碗怎样盛，不能客气，否则你就吃不饱。新知青如果遇到了什么困难找到他，他几乎是有求必应，从不推托。在大庭广众之下，一些女新知青经常十分夸张又嗲声嗲气地大声对他说：卞哥，给我焐焐手。引来一片欢笑。

老卞爱开玩笑，新知青也乐于跟他开玩笑，有时候就算玩笑开大了也从不急眼。在青年点，老卞前前后后、正式非正式地处了七个女朋友，和第八个女朋友刚处时间不长，那个女知青就被推荐上了大学，不久就和他断绝了来往。当时电影院正上映阿尔巴尼亚电影《第八个是铜像》，新知青们常向他打听那个女知青的情况，后来就用"铜像"来代替她的名字，并由此揶揄老卞，但老卞从不生气，甚至还会自嘲式地回应几句。

在青年点那些日子，老卞不仅给了我们新知青很大的帮助，还以玩笑的方式给我们艰苦、平淡、枯燥的生活平添了很多的乐趣，让我们在苦中取乐，更给了我们精神上的慰藉。

第五章 难忘人物

一个有故事的人

恒力是七〇届的老知青，在我下乡的第二年他担任青年队的知青队长，不久就被抽调回城。恒力在下乡期间经历过两次重大事故，能大难不死，有人说他命大，也有人说得很神秘，说这与他救人有因果关系。

先说两次事故。

第一次是我刚下乡的时候，恒力还在队里当电工。冬天知青们正在场院打场，动力电的保险出了故障，队长找来恒力修理。当时恒力穿着绝缘鞋、戴着绝缘手套，他拉下闸刀开关，准备更换保险丝，就在他触碰电线的刹那间，触电事故发生了。据后来调查，当时他的绝缘手套有一个不被注意的破损，而电线因老化也有许多破损的地方。看到电工触电，人们惊呼着，在一旁正拿着木锨准备扬场的老农队长马上抢起木锨将电线打了下来。当时恒力心脏骤停，已经不省人事，知青们立即送他到附近的医务所，赤脚医生进行心肺复苏，抢救了好长时间才把他从死亡线上拉了回来。

另一次事故发生在大苇塘。当年在盘锦流传着一句老话，叫驴怕进磨房，人怕进苇塘，说的是进了苇塘就有走不完的路，遭不完的罪。人只要进入苇塘，便淹没在苇海之中，寒冷、劳累、枯燥，一干就是十几个小时，割苇子时还不方便戴手套，其辛苦和劳累程度可想而知。同时，在苇塘劳作还充满着意想不到的危险。我就听说，曾有一个知青割苇子时在茫茫苇塘中迷路，同去的人找了一天一夜也没找到，后来人们找到他时发现他全身已经冻僵，单腿跪在结冰的水里，像一尊雕像。那年恒力在苇塘遇到的事故也着实危险。据恒力自己讲，那次事故发生在晚上，在割完了芦苇要捆成大捆时。由于两个人用力不均，捆芦苇的绳子一边紧一边松，用绞杠绞的时候，绞上劲的绞杠突然甩了出来击中了他的头部，他当时就昏了过去。按盘锦当地人的话讲，绞上劲的绞杠飞出去，是非常危险的，如果碰到人就是九死一残。百里苇塘荒无人烟，又没有现代化的交通工具，知青们把他抬回了暂住的窝棚，放在一块帆布上，眼巴巴地看着他，没有任何办法。到了半夜，恒力才逐渐苏醒过来，逃过一劫。

再说两次救人。

一次是青年点有一个女知青和一个男知青坠入爱河，两个人如胶似漆，爱得死去活来。后来，这个女知青发现有人要横刀夺爱，陷入三角关系的她痛苦万分，一时激愤，喝下了农药。当时青年点没有几个人，大部分人不是外出去看露天电影就是到大队开会去了。恒力临时有事回青年点，路过女知青宿舍时，他看到这个女知

第五章 难忘人物

青倒在门前，口吐白沫，已经奄奄一息，就立即把女知青背到马号，和饲养员套上大车，把女知青送到了农场医院，经过医生的紧急抢救，女知青尽管胃部大面积灼伤，但总算保住了性命。

另一次是青年点有一个女知青精神有些失常，曾经不知什么原因投水自尽。有一天晚上，恒力到后街的老乡家串门，回来时路过青年点北边的"吃水坑"，忽然听到"扑通"一声。他借着朦胧的月光，隐约望见有人跳入水中并在水中不断挣扎。几乎来不及脱去衣服和鞋子，恒力就下到水里，把在水中不断挣扎的投水者捞了上来。一看原来是那个患病的女知青。幸亏救助及时，才使这个女知青幸免于难。后来这个女知青办了"病退"回城。据恒力说，十几年后，一次他陪同客人游历某博物院，碰到了在那里工作的"投水"女知青，老大姐搬来了一箱冷饮来招待他和客人。

救人一命胜造七级浮屠，大难不死，必有后福。至于遭遇事故和救人，哪个在先，哪个在后，抑或相互交叉，现在没人说得清楚。

在青年点，知青们说，恒力是个有故事的人。他家庭出身不好，爷爷在中华人民共和国成立前是地主兼资本家，"文化大革命"期间父母受到牵连，家庭在"疏散城市人口"时被下放到农村。在那时的政治气氛中，恒力自己就觉得比别人矮了一头，所以凡事不与人争不与人抢，尽量地多干少说，干最脏最累的活也决无怨言，很怕别人说自己的不是。在和当地农民混编队的时候，恒力住在姜家村前街的老毕家，时间久了就与毕家的侄女小芳日久生

203

情，谈上了恋爱。可以说，在他最困难的时候，毕家一家人对他关照有加，温柔善良的小芳给予了他心灵上的慰藉，伴随他度过了那个时期。他自己就曾经说过，我出身不好，对回城没什么指望，留在盘锦一辈子也不错。但队里的领导以及后来的带队干部不这样看，用那时的话说，出身自己无法选择，但是道路可以自己选择，重在个人表现，表现好了就是"可以教育好的子女"，以致后来恒力当上了知青队长，还被抽调回了城。

回城后的恒力不改心意，仍然爱恋着自己的小芳，若干年后，两个昔日的情侣在沈阳结婚。刚结婚的时候，他们几乎是白手起家，靠辛勤劳动创造着属于自己的生活，现在他们已经当上了爷爷奶奶。

知青点"活宝"

我们青年点有个知青是七〇届的,知青们都叫他小服子。小服子性格开朗,为人随和,平时也乐于帮助别人,跟七四届、七五届的新知青处得不错,后来还当了青年队的知青队长。这个小服子爱开玩笑甚至爱有时搞点恶作剧,是青年点"活宝"级人物。关于他的乐子事,至今还常常被人提及。

一是开了天大的玩笑。

1975年冬天,队里派了几个知青用水泵把水塘里的水抽出来,对水塘进行清淤,然后修理水塘底部连通水井的水管。由于水管埋得很深,冬天施工水管上土层太厚冻得像水泥块,队里就弄来火药和雷管,准备用火药崩一下再取土。知青们先在下面打一个洞,人能探进半个身子,装进火药。洞打好了,小服子负责点火,导火索点着后,大家再撤到安全区域。小服子探进洞里,捣鼓了好一会儿,边上的人问,点着了吗?洞里的人说,点着了。边上的人大声喊,快出来。洞里的人两腿直蹬,也大声喊,我出不来了。边上的人慌了手脚，以为点火的人一定是被什么东西卡住了，心急如焚，扯着他的腿又拉又拽，但就是拽不出来，呼喊声惊心动魄，因为再拖延一会儿，点火的人就可能粉身碎骨。突然小服子从洞口退了出来，笑嘻嘻地说，火点着了，但我没点导火索。人们问，那为什么拽你拽不出来呢？他说我用两个胳膊使劲撑着，你们当然拽不出来了。他搞了恶作剧，让大家虚惊一场。多年之后大家还在说，这哥们儿把玩笑开得太大了。

二是嘲笑掏钱包的小偷。

青年点有几个念中学时当过"扒手"的，有的人还曾经被公安部门拘留过。当时盘锦青年点有个不好的风气，就是谁能打架或者进过局子，谁在进点的老农（包括老农队长）那儿就受重视，似乎这种经历是他们的资本。有的人由此还当上了作业组长，甚至是知青队长，负责给知青分活儿和带领知青干活，颇有点"以驴拴驴"的味道。正因为如此，当过"扒手"的知青经常炫耀过去的经历，还在知青中传授自己偷盗的技艺，所以很多知青对怎样掏钱包并不陌生。一次，小服子和几个知青去盘山，在商店买东西时被别的农场的一个知青盯上了。据小服子后来讲，我一看他贼眉鼠眼地用眼睛瞟我的钱包，就注意他了。他把衣服搭在左胳膊上又抬起，挡住我的视线，右手解我的上衣口袋，就在他把我的钱包刚刚掏出来的时候，我一把握住了他的手腕。我说，你怎么偷小偷的东西。旁边的人先是一愣，然后就是一阵哄笑。小偷行窃不成，反而受到了被偷者的奚落和旁观者的嘲笑，非常狼狈，估计当时地上如果有一条地缝他肯定会钻进去。小服子让小偷无地自容的故事成了知青们单调生活最为津津乐道的调剂。

三是"一等睡眠"和"回笼觉"。

这个小服子喜欢跟新知青建议,晚上睡觉要都脱光了睡,非常解乏。你没听说地震时,有的老农是光着腚跑出来的,说明当地不少人都喜欢脱光了睡,这叫"一等睡眠"。啥叫向贫下中农学习,这也是向贫下中农学习的具体表现。小服子的提议是否有人响应不得而知,但常常被人们提起,并加以调侃。被调侃的还有他的"回笼觉"。记得那年冬天,全队正忙着挖渠,考虑到冬天天亮得晚,一些知青早上起不来,队里决定每天早上起床以吹哨为令。一天早上,哨声响了,知青们立即起床,匆匆忙忙吃过早饭,天还蒙蒙亮就揉着惺忪的睡眼,极不情愿地走出青年点,深一脚、浅一脚地来到了工地。知青们仨一群五一伙地在水渠边,因为天冷,两手插在袖筒里,缩着脖子,腋窝下夹着筒锹,跺着脚,等着队长分活。等了很长一段时间,还不见队长的人影。有人问队长呢?和小服子住在同一寝室的一个知青说,刚才队长是躺在被窝里吹的哨,根本就没起床,把大家都召唤起来后,估计现在正睡"回笼觉"呢。有人愤愤不平,这不是《半夜鸡叫》的周扒皮吗,把我们都"撮隆"起来了,他自己却睡觉了,地主老财也不应该这样啊。也有人打哈哈说,队长真会享受,知道吗,"开江鱼""下蛋鸡""回笼觉""二房妻",这是典型的"四大香"。在场的知青哈哈大笑。

远逝的青春岁月

听"老党"讲古

"老党"是薄家生产队的,六十岁左右,在我下乡的第二年来到我们青年队,任老农队长。"老党"很有资历,在土改时期入的党,五十年代曾作为劳动模范到当时的辽西省省会锦州参加过劳模大会,还实实惠惠地吃过一顿"国宴"。"老党"没有文化,但记忆力惊人,每次去大队开会回来向知青传达会议精神有板有眼,传达要求,绝无遗漏,队里的几百亩地什么时间需要干什么活,都了然于心。"老党"为人厚道,心眼好,同情知青,他对知青像对自己孩子一样尽其可能地关心照顾,有着典型中国农民的善良淳朴禀性。

有一次,我得了重感冒,"老党"见我早上没起床,就来到宿舍看我,他问我:"你嫌乎不好吗?"我说:"我没嫌乎这里不好啊。"弄得我俩都一头雾水。边上的人忙解释说,"老党"问你是不是身体不舒服了?"老党"看我吃不下东西,特意去了趟食堂,让炊事员给我做了顿病号饭。还有一次,春节我没回家,"老党"把我找到他家里,我们爷俩饺子就酒对酌到半夜。

第五章 难忘人物

在青年点,"老党"经常给知青说些笑话,讲点故事,不厌其烦地传授农村生活、劳动知识。知青们都觉得他很有幽默感,他曾对我说,我哪会说什么笑话,你们知青舍家撇业到我们农村多不容易,说说笑笑,不就是找点乐子让你们高兴,别老想家吗?

"老党"给知青讲形势,先说"盘山、大洼、田庄台,沙岭、古城、郑家店,站在营口望台湾"。他说的都是盘锦的地名,就像我们现在说的"黄山、黄河、长江、长城在我心中重千斤"一样,至于"站在营口望台湾"是什么意思不好理解,可能是让我们不要忘记祖国的宝岛还没有解放吧。平时,"老党"爱说,"盘锦好哇,盘锦大地红烂漫,一天三顿大米饭,吃顿窝头是改善";收拾场院时,他说"散堆破垛底子有货";知青烧炕时,他说"人要实,火要虚",还说一定要把炕烧热,"睡凉炕,喝凉酒,花赃钱早晚是要得病";提到队里的家底时,他说"老牛破车疙瘩套,不套也得套",逗得周边的人不笑也得笑。盘山县城"一条路两座楼,一个警察把两头,没有公园也没有猴,重工业是马掌炉,轻工业是磨豆腐"也是"老党"说给知青的。

劳动之余,我喜欢缠着"老党",让他吹箫。"老党"吹得一手好箫,其中二十世纪一二十年代辽沈地区乃至全国流行甚广的《苏武牧羊》曲子吹的最为动听。有时候,我也让他讲讲当地的一些历史传说和风土人情。他就东家长,李家短,七个碟子八个碗,哪个碗深,哪个碗浅地开讲,至于七百年的谷子八百年的糠,家里老丈母娘的脚趾盖长不长他也毫不忌讳。

我知道民国初年盘锦地区匪患严重，让"老党"讲讲当时的故事。"老党"说，我们这一带的"胡子"头是李老疙瘩。我问，官兵不剿匪吗？上哪剿去，到处是大苇塘，不是本地人，钻进去几天也别想走出来，困也困死你。有一次他在路上遇到了"胡子"让他带路，他把人带到了地方，"胡子"还给了他糖果。"老党"说，李老疙瘩一队人马，人人手里都操着盒子炮，来无影去无踪，横行乡里。有一天，李老疙瘩带着人到我们这儿抢东西，刚到我家门口，我姑父出门，一头就栽倒在地。李老疙瘩问怎么啦，家里人告诉他，饿得不行了。李老疙瘩说，得了，那就放赈吧。这一次不但没抢，还给我家好些的粮食。

"鸡蛋道"的由来也是"老党"讲给我的。我们所在的农场的沟渠、道路都是当年日本开拓团规划设计的，干渠东西走向距对应的排水渠一千米，支渠南北走向距对应的排水渠五百米，排水渠边上就是农道，非常整齐。但农道在靠近干渠的地方拐了个小弯。"老党"说，当年小鬼子规划设计这条道路时，正好经过一个老地主家的坟茔地，在施工的时候，老地主给负责施工的小鬼子送去了一篮子鸡蛋，于是道路就拐了个弯，从坟茔地边上绕了过去，后来人们就管这条农道拐弯的地方叫"鸡蛋道"。中华人民共和国成立后，这里建了供销社的代销点。知青去代销点买东西，一般不说我去代销点买东西，往往要说我去"鸡蛋道"买东西，就像现在我们说去太原街买东西而不说我去中兴大厦买东西一样。

"老党"的幽默和讲古是为了抚慰我们这些远离父母无所依靠的知青，现在想来还为他当年对我们的那份淳朴真情大爱感动不已。

第五章 难忘人物

无法兑现的承诺

到我下乡的第三年，青年点开始种植蔬菜。盘锦到处是盐碱地，除了芦苇、碱蓬草和蒲草外，其他植物很难生长，知青们就跟当地老乡学试着在堤坝上种菜。这时田大爷从我们邻近的老农队被聘到了青年队，指导知青种菜，不种菜的时候就在青年点做些零活。也就是从这时开始，夏天和秋天青年点才有了少量的自产蔬菜，冬天也能储藏一些大白菜，供给食堂。

由于田大爷是外来户，在当地没有什么背景，跟他接触不致卷入地方的宗族派系争斗，所以知青们和他接触都没有什么顾忌。田大爷五十多岁，一脸的饱经风霜之感，平时虽不善言谈，但凡事心里有数。田大爷有做瓦工活的手艺，特别是盘火炕远近闻名。在东北生活过的人都知道，火炕是农户冬天最重要的采暖设施，盘火炕看似简单，实际大有讲究，弄不好的话炉灶极容易呛风，炕面散热也不均匀。在这方面田大爷无疑是个高手，他到来后，青年点的火炕大多经过他的修理和改造，知青们冬天能睡上热乎乎的火炕，真

远逝的青春岁月

是托了他的福。

我平时常和田大爷在一起聊天，处得久了，田大爷就让我"讲古"。当时青年点的图书室有讲述故事的小册子和供批判用的《水浒传》，有时间我就给他念上一段，偶尔也帮他写写家信，他的来信也都是我念给他听。田大爷对我喜欢读书学习这一点非常赞赏，常对我说，家有万贯不如一技在身，攒钱攒地，不如攒知识，知识是装在你脑子里的东西，别人偷不走、抢不走能让你受用一辈子。有时，我也让他讲讲辽西的风土人情和民间传说。

下面这个在东北农村很著名的故事就是他讲给我的：

话说老张的媳妇和老李私下里拉拉扯扯，关系不清不楚。有一天，老张给老李出了个谜语，并且还说谜语猜出来了，媳妇归你，猜不出来，你家的金盆归我。谜语的谜面是：重重叠叠，哩哩啦啦，两头尖尖，半黑半白，打四物。老张的媳妇从老张那儿讨出了谜底，偷偷告诉了老李。老李找到老张，说谜语猜出来了：重重叠叠是牛屄屄（屎），哩哩啦啦是羊屄屄（屎），两头尖尖是耗子屄屄（屎），半黑半白是鸡屄屄（屎）。结果猜错了，老张拿走了金盆。媳妇问，谜底不是你说的吗？老张说，左手拿金盆，右手拉家人，我如果把实话告诉了你，你就跟了别人。我堂堂正正一个读书人，谜语哪能都是屄屄（屎）？媳妇问那谜底到底是啥？老张说谜底呀，告诉你吧：重重叠叠一本经，哩哩啦啦满天星，两头尖尖枣核丁，半黑半白是眼睛。

夏天，园子里的菜成熟了，田大爷常常从园子里摘点西红柿、黄瓜之类的东西偷偷送给我，有时我们也就着蔬菜蘸大酱喝上点白酒，爷俩边喝边聊，其乐融融。有一段时间我比较颓丧，感觉前途无望。田大爷就开导我，他用浓烈的辽西口音对我说，没有过不去的火焰山那，人一辈子只有享不了的福，没有受不了的苦，鼓励我要熬得住、往远看。当时记忆最深的有两件事。一是国家恢复高考制度后，青年点一些知青忙着复习考大学，私下里田大爷对我说，别人恐怕都是瞎忙乎撞大运，我看这个青年点只有你能考上，好好复习，可别稀了马哈的。另一件是，有一次我和一个知青发生了小矛盾，跃跃欲试要找人理论，田大爷唯恐我和那个知青打起来，他拦着我，苦口婆心地劝我。他说你跟他不同，别去在意他，破帽子常戴，厚道人常在，占便宜的死得快。对于田大爷的劝阻，我除了感激，还有一种被高人点化了般的茅塞顿开。

  我就要离开青年点去上大学了，田大爷和我两人都依依不舍。我对他说，大爷，等我毕业有条件了，一定来接你到沈阳住几天。多年后，我向人打探田大爷的情况，有人告诉我知青大返城后不几年的时间，田大爷就因病去世了。当年我对他的承诺已经无法兑现，成为终生遗憾。

远逝的青春岁月

青年点的带队干部

　　1973年毛主席给福建知青家长李庆霖回信经传达之后，全国的知青工作有了重大调整：一是各地普遍建立知青点，实行统一管理；二是上山下乡由城市以系统为单位，统一组织，单位派出带队干部协助接收地区对知青工作的领导。可以说，带队干部是那个特定时期的特殊产物。

　　我在下乡期间共经历了五批带队干部。这五批带队干部共七人，经历不同，工作各有侧重。我到现在也没弄清楚为什么我们的青年点前两批的带队干部是由其他系统派出的。

　　第一批带队干部是省直派出的省电台的老刘和老杨，知青们叫他们"电台刘"和"电台杨"。"电台刘""文化大革命"前毕业于北京广播学院，是电台编辑部政文组的组长。由于是时政记者出身，老刘很看重维护知青的利益和进行宣传报道，使到青年点后进点的贫下中农在食堂蹭吃喝甚至偷拿集体财物的现象杜绝了。青年点也加强了对外宣传，我写宣传报道稿都是跟老刘学习的，老刘离开青年点时还将一本辽宁电台翻印的《现代汉语语法》和两本带有电台名头的稿纸送给了我。印象最深的是，那时的物质匮乏，连蔬菜都实行统购统销，为了解决知青的吃菜问题，老刘利用在省电台编辑部的工作关系通过北镇县委宣传部给青年点买了一汽车白菜。老杨在电台做技术工作，是部队转业干部，平时讲话不说"队里"或"点里"如何如何，总是习惯说"台里"如何如何，他更看重知青劳动的出勤率和伙食改善情况。

第二批带队干部是沈阳银行系统的老袁和老刘，知青们叫他们"银行袁"和"银行刘"。老袁为人随和，多才多艺，闲暇的时候，老袁喜欢抱着知青的一把吉他和他们一起唱苏联的歌曲。在老袁的组织下，一个知青写出了《姜家青年队队歌》的歌词，老袁给这首歌谱了曲，从此青年点一有大型活动就唱这首歌。老刘比较稳重，注重青年点的管理。一次几个知青从青年点的食堂偷了几包香烟，送给了我几支。后来我在抽烟的时候被老刘看到，误认为是我偷了食堂的东西，很严肃地找我谈了几次话，我们俩人闹得很不愉快。老刘离开青年点时曾找我谈心，指出我的思想方法存在问题，如我看问题比较偏激、不会换位思考等等，让我受益终身。

第三批带队干部是沈阳北站的老聂。老聂是车站的中层干部，工作既讲原则性又有灵活性，是典型的政工干部。经过老聂的努力，沈阳北站的汽车经常往青年点运送一些生活生产物资，在一定程度上改善了知青们的生活。跟老聂相处的时候，他经常跟我们讲人生、谈理想，鼓励我们积极向上，不要荒废青春，至今想起来还让我感到温暖。

　　第四批带队干部是沈阳北站的老侯。老侯曾经做过车站的货运主任，为人厚道，对待知青像对待自己的孩子一样。老侯在工作中把很大精力放在了改善知青的生活上，正是在老侯的努力下，青年点从沈阳廉价买来了碎粉头，一部分留给知青自己吃，一部分用来跟周边的老乡换蔬菜。老侯还力主青年点多养猪，适当时机就张罗杀猪改善知青的生活。

　　第五批带队干部是沈阳北站的老肖。老肖曾参加过珍宝岛保卫战，是车站的团委书记。老肖为人直率，也很活泼，可能是因为年龄的缘故，他能和知青们打成一片。如果当地发生了侵占知青利益的事，他敢说敢管，平时喜欢组织知青搞文体活动。老肖曾组织一部分知青到沈阳北站货场装卸货物做民工，作为一个创收手段，帮助知青增加了收入，改善了生活。据说1979年知青大返城的时候，老肖曾据理力争，让当地核销了北站知青的一些历史欠账，还为知青们争得了很多权益。

　　如今四十年过去了，现在回想起来，这些带队干部尽管能力和水平不同，工作的侧重点不同，但他们舍家撇业来到农村，和我们同吃、同住、同劳动，还能对知青工作满怀热忱，真是付出了艰辛的努力。在此期间，我们青年点没有出现知青的招工指标被当地干部侵占和挪用的现象，也没有出现女知青被残害的问题。他们传达了各级组织以及整个社会对知青的关心，的确给了我们一定的安全感，他们也给了我们许多的关照和爱护，让我们永远心存感激。

后 记

1974年我从沈阳市一一四中学毕业，下乡到盘锦地区新立农场，在盘锦农村生活了五个年头。其间，我做过青年队的饲养员、食堂管理员、记工员、宣传报道员和学校的代课教师，经历了知青上山下乡运动中的"厂社挂钩"、1975年营口海城地区大地震、1976年全国人民悼念伟大领袖毛主席、欢庆粉碎"四人帮"的伟大胜利和1977年国家恢复高考制度等重要事件。这五个年头的经历，在我生命中刻下了深深的印迹。

对我个人来说，虽然在下乡之前，考虑到了城市和农村会有差距，在农村生活会有一定困难，但真正到了农村之后，才发现农村的现状远远超出了自己的想象，封闭落后的环境让人难以适应，艰苦的生活条件，繁重的体力劳动，无不考验着你的身体和意志。几年的知青生涯使我懂得了生活的艰辛，知道了现实的残酷，由此我也了解了中国农村基层的实际状况，加深了对农村社会现实的认识，成为我一生的宝贵财富。这段经历我刻骨铭心。2015年退休

远逝的青春岁月

之后,我大约用了一年多的时间,捡拾自己的记忆碎片,把它们拼凑起来,陆陆续续写下了我所经历的一些知青往事。虽然我只经历了十年大规模上山下乡运动(1968年至1979年)的后半程,所记录的知青岁月还不能反映那时知青上山下乡运动的全过程,但希望它能折射出当年的一些基本状况,作为我对远逝的知青岁月的一点追忆。

当然,我写这段经历的心情极其复杂。我们这一代人,在最美好的年纪,失去了很多本该拥有的东西,正规的教育,正常的生活轨迹,亲人的呵护和家庭的温暖。作为过来人,当年的知青现在各有各的境遇,对那段经历各有各的理解。从农村返城后,我的那些知青战友除了个别人后来进入党政机关事业单位或经商办企业或顶替父母做了铁路工人外,多数人返城就待业,在企业工作不久就下岗,成为最窘困的一批社会成员,备尝生活的艰辛,至今个别人还过着吃"低保"的生活。对此,我不知道对我的那些知青战友应该如何评说,唯有如实记录这段历史,这恐怕是我唯一能做到的。

知青上山下乡运动潮是那个特定历史条件下的社会现象,几乎整整影响了一代人,其是非功过后人自有评说。如果说我们的青春岁月枉度在那场史无前例的运动中的话,我因为下乡到盘锦,所以至今还在坚信,我们的那段时光并非一无所获。十年时间,沈阳、大连、鞍山有近二十万知青下乡到盘锦,把自己最美好的青春年华献给了盘锦,知青们为开发建设辽宁的南大荒盘锦做出了重大贡献。但愿我们的国家不要忘记他们,盘锦大地不要忘记他们。

后　记

  本书在写作过程中，同青年点的知青战友为我提供了部分素材，并帮我核实了一些内容，在此一并表示衷心的感谢。

作　者
2016年6月